W0000489

OPERATION
Nautilus

Wolfgang Hohlbein

Das Meeres-feuer

Ueberreuter

Die Deutsche Bibliothek – CIP-Einheitsaufnahme

Hohlbein, Wolfgang:
Das Meeresfeuer / Wolfgang Hohlbein. – Wien : Ueberreuter, 2001
(Reihe: Operation Nautilus)
ISBN 3-8000-2822-0

J 2506/1

Druck: Ueberreuter Print
1 3 5 7 6 4 2

Ueberreuter im Internet: www.ueberreuter.de
Wolfgang Hohlbein bei Ueberreuter im Internet: www.hohlbein.com

Dieser Band erschien in veränderter Ausstattung bereits 1995
im Verlag Carl Ueberreuter.

Es war Nacht, aber der Hafen und ein Teil der dahinter liegenden Stadt war trotzdem taghell erleuchtet. Der Himmel loderte hell im Widerschein der zahllosen Brände, die an tausend Stellen zugleich aufgeflammt zu sein schienen, und immer wieder zerrissen grelle Explosionen das Bild; turmhohe Feuersäulen, die plötzlich gleich jäh ausbrechenden Vulkanen aus dem Boden schossen, Trümmer und Flammen und schwarzen Qualm in den Himmel schleuderten und die Erde zum Erbeben brachten. Die Häuser und Lagerschuppen, die sich an der Hafenmauer reihten, waren längst zu schwarzen Ruinen verkohlt und auf dem Wasser trieb brennendes Öl, dessen Flammen an den geschwärzten Rümpfen des Schiffswracks leckten, die die Kaimauer säumten. Niemand versuchte mehr die Brände zu löschen. Wer das Chaos überlebt hatte, hatte sein Heil in der Flucht gesucht, sodass sich das Feuer ungehindert ausbreiten konnte. Vor der südlichen Hafenausfahrt trieb der ausgeglühte Rumpf eines Zerstörers, des einzigen Kriegsschiffes, das der Stadt Schutz versprochen hatte.

Es hatte dieses Versprechen nicht halten können. Der Angriff war zu plötzlich erfolgt, und selbst wenn der Tod nicht so warnungslos zugeschlagen hätte, hätte das kleine Schiff kaum eine Chance gegen den grauen Stahlgiganten gehabt, der jäh aus

der Nacht aufgetaucht war und Tod und Feuer auf die Stadt und ihre Verteidiger schleuderte.

Es war Mike unmöglich, den Blick von dem furchtbaren Bild zu wenden. Wie alle anderen Besatzungsmitglieder der NAUTILUS stand er seit Minuten vollkommen reglos da und verfolgte voll gebanntem Entsetzen die schrecklichen Szenen, die sich auf dem runden Glasschirm vor ihnen abspielten. Das Bild war farbig, aber vollkommen lautlos, was das Geschehen noch erschreckender zu machen schien.

»Kein Zweifel«, sagte Trautman. Seine Stimme klang flach und irgendwie fremd in Mikes Ohren. »Das ist die LEOPOLD. Sie haben den Namen übermalt und die Nationalitätskennzeichen entfernt, aber ich erkenne sie wieder.« Er schloss die Augen, atmete schwer ein und wandte sich dann mit einer sehr müde wirkenden Bewegung an Serena.

»Bitte schalte es ab.«

Die Atlanterin gehorchte schweigend. Ihre Hand berührte eine Taste neben dem gläsernen Rechteck, auf dem sich der lautlose Weltuntergang abspielte, und der Schirm wurde grau. Auch Serena war sehr blass. Der Schrecken, mit dem sie das gerade Beobachtete erfüllte, war ihr deutlich anzusehen.

»Unglaublich!«, murmelte Ben. Er deutete auf die Glasfläche. »Dieser Apparat ist ... vollkommen unvorstellbar. Und diese Bilder sind wirklich echt. Es passiert wirklich? Kein Trick?«

»Es *ist* schon passiert«, antwortete Serena. »Vor einer Woche.«

»Aber wie kann man etwas sehen, was an einem anderen Ort –«, fuhr Ben fort, aber Trautman unterbrach ihn sofort und in so scharfem Ton, dass Ben zusammenfuhr:

»Das ist jetzt *wirklich* nicht wichtig, Ben!« Er wandte sich wieder an Serena. »Ist das alles, was du darüber weißt?«

»Das sind alle Bilder, die ich euch zeigen kann«, antwortete Serena. »Drei Tage später hat ein Schiff, das genauso aussieht wie das, das wir gerade gesehen haben, einen französischen Frachter vor der Küste von Schottland versenkt. Und gestern wurde der SOS-Ruf eines deutschen Zerstörers aufgefangen, der von einem unbekannten Angreifer berichtete.« Sie zuckte mit den Schultern, drehte sich wieder zu dem Instrumentenpult herum und begann mit den Fingerspitzen über die Glasscheibe zu fahren, die ihnen gerade diese furchtbaren Bilder gezeigt hatte. »Wahrscheinlich ist das noch lange nicht alles, aber im Moment herrscht im Äther ein solches Chaos, dass man nicht genau sagen kann, wer gerade wen vernichtet.« Sie warf Mike einen Blick zu. »Und ihr glaubt, *mein* Volk wäre seltsam gewesen?«

Mike zog es vor, nichts dazu zu sagen, aber Ben antwortete in einem Ton, als müsse er sich verteidigen: »Was erwartest du? Es herrscht Krieg. Ich finde das auch nicht gut, aber –«

»Ben!« Trautman unterbrach das Gespräch mit einer befehlenden Handbewegung. »Das reicht!« Ben funkelte ihn herausfordernd an, aber Trautman schien nicht geneigt, sich auf eines der zwischen ihnen beinahe schon üblichen Wortduelle einzulassen. Er bedachte den jungen Engländer nur mit einem letzten, strafenden Blick und wandte sich dann wieder an Serena.

»Kannst du mir die Punkte auf der Karte zeigen, an denen die LEOPOLD gesichtet wurde?«

»Ich denke schon ...«, antwortete Serena zögernd, »... wenigstens ungefähr.«

Während die beiden zu dem großen Tisch unter dem Fenster gingen, auf dem sich ein unglaubliches Sammelsurium von Seekarten, nautischen Tabellen, Atlanten und Büchern stapelte, trat Ben wieder an den Apparat heran, der ihnen gerade die schrecklichen Bilder vom Überfall der LEOPOLD auf die Hafenstadt gezeigt hatte. Mike fiel ein, dass sie nicht einmal wussten, um welche Stadt es sich handelte; geschweige denn, um welches Land. In dem kurzen Moment, in dem der Zerstörer im Bild gewesen war, bevor ihn die erste Breitseite der LEOPOLD traf und in ein Flammen speiendes Wrack verwandelte, hatte er geglaubt, die Insignien der deutschen Kriegsmarine zu erkennen. Aber ganz sicher war er nicht. Wahrscheinlich hatte er sich getäuscht – Winterfeld mochte ein Pirat und Meuterer sein, aber er war trotzdem ein *Deutscher*. Es war schwer vorstellbar, dass er sich mitsamt seinem Schiff auf die Seite der Kriegsgegner des Deutschen Reiches geschlagen hatte. Was immer sie alle von Winterfeld halten mochten – ein *Verräter* war er nicht.

»Unglaublich. Das ... das ist das Fantastischste, was ich jemals gesehen habe!« Bens Stimme riss Mike für einen Moment aus seinen Gedanken. Er hatte ein bisschen Mühe, seinen Worten zu folgen, und man musste das seinem Gesicht wohl ziemlich deutlich ansehen, denn Ben deutete heftig gestikulierend auf den Bildapparat und fuhr in aufgeregtem Ton fort: »Das Ding da meine ich. So etwas ... hätte ich nicht für möglich gehalten! Ich frage mich, was für Überraschungen dieses Schiff noch für uns bereithält!«

Mike zuckte nur mit den Schultern. Er war von dem, was sie gerade gesehen hatten, noch immer zutiefst erschüttert und es

irritierte ihn ein wenig, dass Ben sich so gar nicht davon beeindruckt zeigte, sondern vielmehr wieder seiner Begeisterung für die technischen Gerätschaften der NAUTILUS frönte. Aber irgendwie konnte er ihn auch verstehen.

Es war jetzt etwa anderthalb Jahre her, dass sie auf einer einsamen, auf keiner Karte verzeichneten Insel auf die legendäre NAUTILUS gestoßen waren, die leibhaftige, echte NAUTILUS, das Schiff des sagenumwobenen Kapitän Nemo, von dem sogar Mike bis zu diesem Zeitpunkt annahm, dass er gar nicht wirklich existiert hatte, sondern nur eine Sagengestalt war.

Aber Kapitän Nemo war keine Sagengestalt. Kapitän Nemo – der eigentlich Prinz Dakkar hieß und ein indischer Edelmann gewesen war – war niemand anderer als Mikes Vater. Er hatte seinen Sohn unter einem falschen Namen und dem Schutz einer falschen Identität in einem vornehmen Londoner Internat untergebracht, um ihn vor den Nachstellungen seiner Feinde zu schützen, und diese Tarnung hatte auch gute zehn Jahre lang gehalten. Nicht einmal Mike selbst hatte gewusst, wer er wirklich war, bis zu jenem schicksalhaften Tag im Dezember 1913, an dem er und fünf seiner Freunde von niemand anderem als dem Kapitän desselben Schiffes, das gerade vor ihren Augen eine ganze Stadt vernichtet hatte, entführt worden waren. Winterfeld hatte ihn nicht nur über seine Identität aufgeklärt, sondern ihm auch mehr oder weniger freiwillig den Weg zum Versteck der NAUTILUS gewiesen. Es war sein Plan gewesen, sich die NAUTILUS anzueignen. Der Plan war fehlgeschlagen – Mike, sein indischer Leibwächter und Diener Gundha Singh und seine Freunde waren zusammen mit der NAUTILUS entkommen,

begleitet von Trautman, dem letzten überlebenden Besatzungsmitglied der NAUTILUS.

Das alles lag jetzt mehr als ein Jahr zurück. Seither war kaum ein Tag vergangen – vor allem nicht, seit Serena, die atlantische Prinzessin und Letzte ihres Volkes, an Bord gekommen war –, an dem sie nicht eine neue Überraschung erlebten, auf ein neues Wunder stießen, mit dem dieses unglaubliche Schiff aufzuwarten hatte. Das Schiff war viel mehr als nur ein fantastisches Unterseeboot. Es war das Vermächtnis der Atlanter, das Nonplusultra ihrer Technik, die der der Menschen des beginnenden zwanzigsten Jahrhunderts um Jahrzehnte, wenn nicht Jahrhunderte voraus gewesen sein musste. Und trotzdem hatte er manchmal das Gefühl, dass sie in Wahrheit noch nicht einmal richtig angefangen hatten seine Geheimnisse zu enträtseln.

»Vor allem möchte ich wissen, warum sie erst jetzt damit herausrückt!«, fuhr Ben fort, als er endlich einsah, dass er von Mike wohl keine Antwort bekommen würde. »Stell dir nur vor: Man kann Dinge betrachten, die sich an einem anderen Ort abspielen, vielleicht in der nächsten Stadt oder sogar am anderen Ende der Welt. Weißt du, was diese Erfindung für die Welt bedeuten würde? Weißt du, was sie *wert* ist?«

»Nein«, antwortete Mike einsilbig. »Ich bin auch nicht sicher, ob ich noch mehr davon sehen will.«

»Quatsch!« Ben machte eine unwillige Geste. »Es müssen ja nicht unbedingt *solche* Bilder sein! Man könnte ...« Sein Gesicht hellte sich auf. »Ja, man könnte einen solchen Apparat in jedes Haus stellen. Jeder könnte in seinem Wohnzimmer ein solches Gerät besitzen, und er könnte abends damit eine Theatervor-

stellung ansehen, ganz bequem von seinem Sessel aus! Oder ein Konzert. Oder man könnte Filme zeigen, wie sie jetzt in den Kinos laufen, aber viel bequemer und billiger und für jeden zu haben.«

»Du bist ja verrückt«, sagte Chris, der jüngste der vier Jungen, die neben Singh, Trautman und Serena zur Besatzung der NAUTILUS gehörten.

Aber Ben war nicht mehr zu bremsen. Seine eigene Idee gefiel ihm viel zu gut. »Aber es geht noch weiter!«, sagte er begeistert. »Man könnte Geld damit verdienen! Millionen, sage ich euch! Die Leute würden dafür *bezahlen,* um diese Bilder zu sehen.«

Chris sagte nichts mehr, aber er tippte sich bezeichnend an die Stirn, doch Ben war nicht mehr aufzuhalten. »Ich weiß sogar schon einen Namen!«, sagte er. »Man könnte es *Fern-Sehen* nennen. Versteht ihr? Man sieht Dinge, die irgendwo in der Ferne sind!«

»Ja, so wie dein Verstand«, sagte Juan. »Du scheinst ihn irgendwo unterwegs verloren zu haben.«

Zur allgemeinen Überraschung reagierte Ben nicht auf die Provokation, obwohl er sonst keine Gelegenheit verstreichen ließ, sich mit irgendjemandem an Bord zu streiten. »Ich muss Serena fragen, wie dieses Ding funktioniert«, sagte er aufgeregt. »Diese Erfindung ist Millionen wert, sage ich euch! Stellt euch nur diese ungeahnten Möglichkeiten vor! Man könnte etwas wie eine Zeitung machen, aber aus bewegten Bildern und mit einem Sprecher, der alles gleich kommentiert. Sogar mit Annoncen!«

Chris riss die Augen auf. »Wie?«

»Aber sicher!« Ben nickte heftig. »In jeder Zeitung sind Annoncen, oder? Überleg doch – du stellst zum Beispiel Fahrräder her oder Seife. Statt eine Anzeige, in der du dafür wirbst, in der Zeitung drucken zu lassen, zeigst du deine Fahrräder oder deine Seife jedem und preist sie an. Millionen von Menschen auf der ganzen Welt könnten sie dann bei dir direkt bestellen!«

»Und dafür sollen sie dann auch noch bezahlen?«, fragte Juan grinsend.

Ben schüttelte heftig den Kopf. »Das würden die tun, die die Anzeigen aufgeben. Das ist überhaupt die Idee! Man könnte einen Film bringen und zwischendurch vielleicht zwei oder drei Pausen, in denen dann Werbung gemacht werden kann! Wir müssen dieses Gerät haben! Wir werden reich, sage ich euch!«

»Jetzt ist er völlig übergeschnappt«, seufzte Chris.

Auch Mike konnte ein Grinsen kaum noch unterdrücken. Ben fuhr fort, seine völlig unsinnige Idee auszuschmücken, aber Mike hörte nicht mehr hin. Stattdessen trat er nach einigen Augenblicken schweigend an den Tisch, auf dem Trautman mittlerweile eine gut anderthalb Quadratmeter messende Seekarte ausgebreitet hatte. Damit sie sich nicht wieder aufrollte, hatte er ihre Ränder mit Büchern beschwert. Im Moment war er damit beschäftigt, einige rot markierte Punkte, die er offensichtlich nach Serenas Angaben eingezeichnet hatte, mit einem Lineal miteinander zu verbinden. Er war noch nicht ganz fertig damit, aber das bisherige Ergebnis sah ziemlich abenteuerlich aus, eine vollkommen willkürliche Zickzacklinie, die keinem erkennbaren

Kurs folgte, sondern sich im Gegenteil mehrfach selbst kreuzte und überschnitt.

»Das ergibt überhaupt keinen Sinn«, sagte Trautman kopfschüttelnd. Er sah kurz zu Serena auf. »Bist du sicher, dass es jedes Mal die LEOPOLD war?«

»Ziemlich«, antwortete Serena. »Die Beschreibung trifft eigentlich nur auf *ein* Schiff zu. Und ich habe es ein paar Mal nachgeprüft.«

»Deshalb hast du auch so lange gewartet, um es uns zu sagen«, murmelte Mike.

Serena sah fast ein bisschen schuldbewusst drein. »Nicht nur«, sagte sie. »Es hätte wenig Sinn gehabt, zu früh Alarm zu geben, nicht? Wie Ben sagte: Es herrscht Krieg. Im Augenblick schießt dort draußen so ziemlich jeder auf jeden. Es ist schwer, aus all diesen Informationen die richtigen herauszufinden.«

»Aber das alles ergibt überhaupt keinen Sinn!«, sagte Trautman erneut und mit einem noch heftigeren Kopfschütteln. »Seht euch das nur an!« Er deutete nacheinander auf die Punkte, die er in die Karte eingezeichnet hatte. Mike bemerkte erst jetzt, dass er neben jedem einige Worte oder auch nur Zahlenkombinationen notiert hatte. »Ein französischer Frachter. Hier eine englische Fregatte, dort ein Nachschubdepot des Kaiserreiches! Ein schwedischer Tanker und da ein deutscher Frachter! Ich kann einfach kein System darin erkennen!«

»Ja.« Serena seufzte. »Ich kenne Kapitän Winterfeld zwar kaum, aber wisst ihr, nach allem, was ich in den letzten Tagen herausgefunden habe, könnte man beinahe glauben, dass er ganz allein dem Rest der Welt den Krieg erklärt hätte.«

Vielleicht waren diese Worte sogar als Scherz gemeint, um die gedrückte Stimmung ein wenig zu mildern, die sich in den letzten Minuten im Salon der NAUTILUS breit gemacht hatte. Aber niemand lachte. Ganz im Gegenteil wirkten alle plötzlich sehr betroffen.

Dabei konnten sie zu diesem Zeitpunkt noch gar nicht ahnen, *wie* Recht Serena mit ihren Worten haben sollte ...

Die Jagd auf die LEOPOLD begann noch in derselben Stunde. Wie sich zeigte, befanden sie sich nicht einmal weit von der Stelle entfernt, an der Winterfelds Schiff das letzte Mal gesichtet worden war. Sie rechneten nicht ernsthaft damit, die LEOPOLD dort noch anzutreffen, aber irgendwo *mussten* sie mit ihrer Suche schließlich beginnen, und so nahm Trautman Kurs auf diesen Punkt, zehn Meilen von der Nordküste Schottlands entfernt.

Die NAUTILUS erreichte die bezeichnete Position kurz vor Mitternacht. Um nicht entdeckt zu werden – aber auch, weil das Schiff unter Wasser beinahe doppelt so schnell fahren konnte wie über Wasser –, hatten sie einen Großteil der Strecke tauchend zurückgelegt und Trautman war extrem vorsichtig, als sie schließlich wieder nach oben kamen: Der Turm der NAUTILUS durchbrach die Wasseroberfläche gerade weit genug, dass sie den Ausstieg öffnen konnten. Erst als Singh, der nach oben geklettert war, meldete, dass sie allein waren, tauchte das Schiff ganz auf.

Mike verstand diese Vorsichtsmaßnahmen nur zu gut. Es war sehr wichtig, dass die NAUTILUS nicht gesehen wurde. Sie war zwar jedem anderem Schiff auf der Welt überlegen und konnte

im Notfall einfach tauchen und so jedem denkbaren Verfolger eine lange Nase drehen, aber ihr zuverlässigster Schutz war noch immer der Umstand, dass niemand von ihrer Existenz wusste. Wenn sich erst einmal herumsprach, dass das märchenhafte Schiff Kapitän Nemos tatsächlich existierte, dann würde eine weltweite Hetzjagd auf die NAUTILUS beginnen, der sie auf Dauer nicht entkommen konnten. Während des letzten Jahres hatten sie sich zumeist in einsamen Gegenden der Weltmeere aufgehalten, weitab von allen bekannten Schifffahrtsrouten. Hier und jetzt aber befanden sie sich in einem der dichtest befahrenen Gebiete der Meere. Der Erste Weltkrieg tobte seit einem guten Jahr und er hatte auch vor dem Ozean nicht Halt gemacht. Deutsche, britische und französische Schiffe hatten sich gerade vor den Küsten Englands schon mehr als ein Gefecht geliefert, und jeder, der hier draußen war, würde den Ozean sehr aufmerksam beobachten.

Aber im Augenblick waren sie allein. Viel zuverlässiger als ihre Augen überzeugten sie die technischen Gerätschaften der NAUTILUS davon, dass es im Umkreis mehrerer Meilen kein anderes Schiff gab. Und die Küste war fast zehn Meilen entfernt. Selbst mit dem besten Fernglas würde man das Schiff, das mit ausgeschalteten Lichtern auf dem Wasser trieb, nicht mehr ausmachen können. Und trotzdem ... eine schwache, aber nagende Beunruhigung blieb. Es war das erste Mal, dass sie seit ihrer Flucht aus England zurück in diesen Teil der Welt kamen, und keinem von ihnen war sonderlich wohl dabei.

Mike war Singh auf das Deck der NAUTILUS hinauf gefolgt und stand fröstelnd in dem schneidenden Wind, der über das

Meer strich. Es war kalt und es gab außer der Schwärze der Nacht hier oben absolut nichts zu sehen. Trotzdem war er nicht der Einzige, der heraufgekommen war. In einiger Entfernung bemerkte er Chris, der neben Singh stand und leise mit ihm sprach, und jetzt polterten hinter ihm Schritte auf der eisernen Treppe, die nach oben führte. Er drehte sich herum und erkannte Juan. Auf seiner Schulter hockte ein struppiger schwarzer Schatten: Astaroth, der einäugige Kater, der zusammen mit Serena an Bord gekommen war. Vermutlich, dachte Mike, wird es nicht mehr lange dauern, bis auch Ben und Trautman heraufkommen. Sie befanden sich jetzt seit mehr als einer Woche fast ununterbrochen unter Wasser, und so bequem und sicher die NAUTILUS auch sein mochte – auf die Dauer hatte man an Bord das Gefühl, eingesperrt zu sein, gefangen in einem stählernen Sarg, der Hunderte von Metern unter der Meeresoberfläche dahintrieb. Sie nutzten jede Möglichkeit, an Deck zu gehen, die frische Luft zu atmen und vor allem den freien Himmel über sich zu spüren.

Manchmal fragte sich Mike, wie lange sie dieses Leben wohl noch führen würden. Als sie die NAUTILUS gefunden hatten, da hatten sie Trautman mit Mühe und Not davon abbringen können, das Schiff zu zerstören, denn er war der Meinung gewesen, dass es eine zu große Gefahr darstellte, sollte es irgendwann einmal in falsche Hände geraten. Natürlich hatten sie dieses Ansinnen empört abgelehnt, aber mittlerweile war Mike nicht mehr so sicher wie damals, dass das richtig gewesen war. Der große Krieg, von dem sie nur manchmal hörten, während sie sich in den entlegensten Winkeln der Welt herumgetrieben hatten, schien Trautmans Worte auf grausame Weise

zu bestätigen. Die ganze Welt war verrückt geworden. Wenn dieses Schiff tatsächlich einmal in die Hände einer der Kriegsparteien fallen sollte ... nein, der Gedanke war zu schrecklich, um ihn zu Ende zu verfolgen.

Er trat einen Schritt beiseite, damit Juan aus dem schmalen Ausstieg heraustreten konnte. Astaroth sprang mit einem Satz von seiner Schulter herunter und verschmolz mit der Farbe der Nacht, als er an Mike vorüberhuschte, und Juan atmete hörbar auf. Der Kater wog gute zwölf Pfund und Mike wurde den Verdacht nicht los, dass er es sich einzig angewöhnt hatte, es sich dann und wann auf der Schulter eines der Jungen bequem zu machen und diesen als Reittier zu missbrauchen, weil er genau *wusste*, wie unangenehm sein Gewicht auf die Dauer werden konnte. Trotz aller Fremdartigkeit und Intelligenz war Astaroth tief in sich immer noch eine typische Katze – auch wenn er jedem das Gesicht zerkratzt hätte, der es wagte, das laut zu sagen.

»Gibt es irgendetwas Neues?«, fragte Juan.

Was soll es hier schon Neues geben?, dachte Mike. Sie befanden sich mitten auf dem Meer, zehn Seemeilen von der nächsten Küste entfernt. »Nein«, antwortete er. »Wir sind allein.« Er drehte sich herum, vergrub fröstelnd die Hände in den Jackentaschen und ließ seinen Blick über die Wasseroberfläche schweifen. Im fahlen Mondlicht wirkte der Ozean vollkommen flach und vollkommen schwarz, wie eine Ebene aus Teer. Die NAUTILUS bewegte sich zwar sanft im Rhythmus der Wellen, aber sie waren jetzt schon so lange an Bord des Schiffes, dass sie das längst nicht mehr bemerkten.

»Ich frage mich, was wir hier wollen«, murmelte er.

»Warten«, antwortete Juan. »Darauf, dass er das nächste Mal zuschlägt.« Sein Gesicht verdüsterte sich, als er Mikes Blick begegnete. »Ich finde es genauso furchtbar wie du, aber ich fürchte, wir haben keine andere Wahl.«

Mike sagte nichts. Und was auc h? Der Gedanke war so schrecklich wie einfach: Sie hatten keine Ahnung, wo die LEOPOLD das nächste Mal zuschlagen würde. Alles, was sie tun konnten, war, abzuwarten, bis sie wieder ein Schiff versenkte oder einen Hafen in Brand schoss, um dann mit voller Kraft hinterherzufahren und zu versuchen Winterfeld einzuholen. Serena saß unten am Funkgerät und lauschte aufmerksam in den Äther hinaus, sodass sie schon auf den leisesten SOS-Ruf reagieren konnten. Mike war sogar sicher, dass sie Winterfeld auf diese Weise finden würden. Aber die Vorstellung, dass sie tatenlos abwarten mussten, bis er wieder zuschlug – und das bedeutete nichts anderes, als dass dann wieder Menschen sterben würden –, machte ihn krank.

»Ich verstehe das einfach nicht«, murmelte er. »Er muss vollkommen den Verstand verloren haben. So wie es aussieht, greift er wahllos Schiffe und Häfen an, ganz gleich welcher Nationalität.«

»Und sogar welche, deren Länder gar nicht in den Krieg verwickelt sind«, fügte Juan hinzu. »Trotzdem – ich glaube nicht, dass er einfach verrückt geworden ist. Er folgt einem Plan. Und wir werden schon herausfinden, welchem. Ich bin bestimmt der Letzte, der Winterfeld verteidigen würde, aber er ist weder verrückt noch ein gewissenloser Mörder. Er hat irgendetwas vor.

Und es muss etwas Großes sein, sonst würde er nicht ein solches Risiko eingehen.«

Mike schwieg. Es hätte eine Menge gegeben, was er hätte antworten können, aber im Grunde gab er Juan sogar Recht. Winterfeld hatte sie gejagt, sie entführt und gefangen genommen, er hatte sich der Meuterei und des Hochverrates schuldig gemacht, nur um in den Besitz der NAUTILUS zu gelangen, und trotzdem hatte er das Schiff schließlich wieder aufgegeben, um das Leben seiner Besatzung zu retten. Und mit einem Male betätigte sich dieser Mann als gemeiner Pirat und Seeräuber? Das passte einfach nicht zusammen.

Er schüttelte den Gedanken ab und drehte sich herum, sodass sein Blick in Richtung Küste ging, die in der Nacht allerdings nicht einmal zu erahnen war. Aber auch Juan sah eine ganze Weile versonnen in dieselbe Richtung, und Mike glaubte zu erraten, was hinter seiner Stirn vorging.

»Wir sind gar nicht weit von deiner Heimat entfernt«, sagte er, nachdem sie eine Weile schweigend nebeneinander dagestanden hatten. »Hast du eigentlich niemals daran gedacht, wieder nach Hause zu gehen?«

Juan zuckte mit den Schultern. Er sah ihn nicht an, aber auf seinem Gesicht erschien ein trauriges Lächeln. »Nach Hause?« Er schüttelte den Kopf. »Was soll ich dort, Mike? Das hier ist *mein* Zuhause.«

»Immerhin leben deine Eltern noch«, antwortete Mike. »Meine Eltern sind tot und die der anderen auch. Dein Vater –«

»– hat vermutlich noch nicht einmal gemerkt, dass ich weg bin«, fiel ihm Juan ins Wort. Seine Stimme klang bitter und in

seinen Augen war ein harter Glanz erschienen, der Mike erschreckte. Er hatte Juan niemals danach gefragt, was zwischen ihm und seinen Eltern wirklich vorgefallen war, ehe er nach England und ins Internat kam, und er fragte ihn auch jetzt nicht. Wenn Juan es ihm erzählen wollte, würde er es irgendwann schon von sich aus tun.

»Wir können nicht ewig auf der NAUTILUS bleiben«, sagte er stattdessen. »Alles, was wir bis jetzt erlebt haben, war ein großes Abenteuer, aber es wird nicht ewig so weitergehen. Trautman hat Recht, weißt du? Die Welt ist noch nicht reif für die NAUTILUS. Irgendwann werden wir sie aufgeben müssen.«

»Lass das nicht Serena hören«, sagte Juan mit einem angedeuteten Lächeln. Er wurde sofort wieder ernst. »Du hast Recht. Aber ich will nicht darüber nachdenken. Noch nicht. Wir werden eine Lösung finden, aber im Moment ...« Er führte den Satz nicht zu Ende, sondern seufzte nur tief und fuhr dann in verändertem Tonfall fort: »Außerdem haben wir jetzt wirklich Wichtigeres zu tun. Wir müssen diesen Verrückten aufhalten, bevor er noch mehr Schaden anrichtet.«

»Ja«, bestätigte Mike, und hinter ihnen sagte eine wohl bekannte Stimme:

»Warum eigentlich?«

Sie drehten sich beide zugleich herum und sahen Ben an, der so leise hinter ihnen aufgetaucht war, dass sie ihn nicht gehört hatten. Der spöttische Blick, mit dem er Juan maß, machte klar, dass er zumindest einen Teil ihres Gespräches mit angehört hatte.

»Wie meinst du das?«, fragte Mike.

»So wie ich es sage«, antwortete Ben. »Warum eigentlich? Ich meine, die Tatsache, dass Winterfeld uns seinerzeit gehen ließ, verpflichtet uns doch nicht automatisch, die Welt jetzt vor diesem Verrückten in Schutz zu nehmen, oder? Im Grunde geht uns die Sache nichts an. Es ist nicht unsere Schuld, wenn er sich mit der ganzen Welt anlegt. Wir könnten einfach unserer Wege gehen. Irgendeiner wird ihn schon erwischen.«

»Ja«, sagte Juan. »Und diese Art, zu denken, ist genau der Grund, aus dem die Welt so ist, wie sie ist.«

»Was gefällt dir daran nicht?«, stichelte Ben. »Kriege hat es immer gegeben und es wird sie immer geben. Und –«

Falls ihr irgendwann einmal damit fertig werdet, über den Sinn des Lebens zu philosophieren, könntet ihr mal nach vorne kommen, flüsterte eine Stimme in Mikes Gedanken und ließ ihn zusammenzucken. Es war nun ein gutes Jahr her, dass der Kater an Bord gekommen war, aber es gab wohl Dinge, an die man sich nie gewöhnen konnte – und ein intelligenter, einäugiger Kater, der Gedanken lesen konnte, gehörte eindeutig dazu.

»Astaroth hat etwas entdeckt«, sagte er. »Kommt mit.«

Ben und Juan hörten sofort auf zu streiten und folgten ihm. Unterwegs schlossen sich ihnen auch Singh und Chris an, sodass sie alle gemeinsam am Bug der NAUTILUS eintrafen. Astaroth war noch ein Stück weiter gelaufen, als es ihnen möglich war, und hockte auf dem gezackten Rammsporn, der den Bug des Tauchbootes noch einmal um gute zehn Meter verlängerte.

»Was soll da sein?«, fragte Ben. »Ich sehe nichts.«

Da draußen, antwortete Astaroth. *Jemand ist dort draußen. Ein Mensch. Vielleicht zwei. Ich bin nicht sicher.*

Da Mike der Einzige war, der die lautlose Stimme des Katers verstehen konnte, teilte er den anderen mit, was Astaroth ihm gesagt hatte. Einige Sekunden lang starrten sie alle gebannt in die Dunkelheit vor dem Bug der NAUTILUS hinaus, aber auch Mike und den anderen erging es nicht besser als Ben zuvor. Zumindest soweit sie sehen konnten, war der Ozean vollkommen leer.

»Der Kater spinnt!«, sagte Mike schließlich. »Da ist gar nichts. Außerdem hätten es die Ortungsgeräte gezeigt. Es gibt im Umkreis von fünf Meilen kein Schiff.«

Es ist mir egal, was eure komischen Apparate behaupten, antwortete Astaroth in leicht beleidigtem Ton. *Dort draußen ist jemand. Gar nicht weit. Aber etwas ... stimmt nicht mit ihm.*

»Was stimmt nicht mit ihm?«, erkundigte sich Mike.

Mit seinen Gedanken, antwortete Astaroth. *Sie sind so ... so wirr. Nicht dass das bei euch Menschen etwas Außergewöhnliches wäre. Aber in seinem Kopf herrscht noch mehr Durcheinander als in euren Köpfen. Ich glaube, er ist krank.*

Mike bedachte den Kater mit einem angemessen bösen Blick, gab das Gehörte aber doch rasch an die anderen weiter. Singh blickte nur noch einen Moment in die Dunkelheit hinaus, dann wandte er sich um und rannte im Laufschritt zurück zum Turm. Nicht einmal zwei Minuten später konnten sie hören, wie die Maschinen der NAUTILUS tief unter ihren Füßen zu rumoren begannen. Das Schiff hob sich weiter aus dem Wasser und dann flammten zwei riesige Scheinwerfer an seinem Bug auf, die wie leuchtende, halbmeilenlange Finger in die Nacht hinaustasteten.

»Da!« Juan schrie auf und deutete nach rechts. »Seht doch!«

Das Licht des Scheinwerfers hatte ein winziges Boot erfasst, das in einer Entfernung von zwei- oder dreihundert Metern von der NAUTILUS auf den Wellen trieb. Es hatte kein Segel und auch sonst keinen sichtbaren Antrieb und sie konnten auch keine Spur einer Besatzung erkennen, aber es war da, ganz wie Astaroth gesagt hatte.

Langsam nahm die NAUTILUS Fahrt auf und glitt auf das kleine Boot zu. In dem Schiff rührte sich nichts, obwohl es jetzt von beiden Scheinwerfern erfasst und in gleißende Helligkeit getaucht war. Mike war nicht sehr wohl dabei – in der Nacht musste das Licht meilenweit zu sehen sein. Ganz bestimmt waren sie in diesem Moment bereits entdeckt worden.

Es dauerte einige Minuten, bis Trautman das riesige Schiff behutsam neben das kleine Boot bugsiert hatte, sodass sie endlich einen Blick in sein Inneres werfen konnten. Mike erschrak, als er die gekrümmte Gestalt sah, die auf dem nackten Holz lag. Es war ein Mann in einer blauen, zerfetzten Uniform. Sein Gesicht und sein Haar waren voller Blut, und obwohl seine Augen offen standen, schien er sie nicht wahrzunehmen, denn er reagierte nicht, als Juan ihm etwas zurief.

Mike wartete, bis das Boot nahe genug war, dann sprang er mit einem Satz vom Deck der NAUTILUS hinunter und neben den Verletzten. Das kleine Boot ächzte unter seinem Aufprall, und ein Knirschen erscholl, das Mike zusammenzucken ließ. Er bemerkte erst jetzt, dass das Boot kaum mehr als ein Wrack war,

das eigentlich gar nicht mehr hätte schwimmen dürfen: Die Planken waren von Flammen geschwärzt. Überall im Rumpf gähnten große, ausgefranste Löcher, und er stand fast knöcheltief im Wasser.

Hastig kniete er neben dem Mann nieder, aber nun, da er ihn von nahem sah, wagte er es fast nicht, ihn zu berühren. Der Mann war schwer verletzt. Nicht nur sein Gesicht, sondern seine ganze Uniformjacke war dunkel von seinem eigenen Blut. Der Mann war offensichtlich angeschossen worden. Jemand hatte auf dieses Boot gefeuert. Und nicht nur einmal.

»Was ist mit ihm?«, rief Ben. »Lebt er noch?«

Blöde Frage, maulte Astaroth. *Ich hätte ihn kaum entdecken können, wenn er tot wäre, oder?*

»Ja«, antwortete Mike. »Aber er ist schwer verletzt. Helft mir ihn auf die NAUTILUS zu schaffen. Und beeilt euch. Ich glaube, der Kahn säuft gleich ab.«

Tatsächlich war das Wasser im Bootsrumpf in den wenigen Augenblicken, seit er an Bord gekommen war, bereits deutlich angestiegen. Wahrscheinlich war sein Gewicht zusätzlich zu viel für das winzige Schiffchen.

Ben machte Anstalten, zu ihm hinunterzuklettern, aber in diesem Moment tauchte Singh wieder auf und hielt ihn mit einer wortlosen Geste zurück. Ben trat gehorsam beiseite und der Inder kletterte mit der ihm eigenen Leichtigkeit zu Mike und dem Verletzten ins Boot. Es sank spürbar tiefer ins Wasser und Mike richtete sich nervös auf. Das Boot sank nun tatsächlich und sehr rasch. Sie mussten sich beeilen. Wie alle an Bord war Mike mittlerweile ein ausgezeichneter Schwimmer geworden, aber

das Wasser war eiskalt und er verspürte wenig Lust auf ein mitternächtliches Bad.

Singh untersuchte den Mann flüchtig, dann hob er ihn ohne sichtliche Anstrengung auf die Arme und kletterte wieder auf das Deck der NAUTILUS hinauf. Mike folgte ihm, wenn auch viel langsamer, sodass Juan schließlich die Hand ausstreckte und ihm half – keine Sekunde zu früh, wie sich zeigte. Kaum hatte Mike die NAUTILUS wieder betreten, da legte sich das Boot auf die Seite und ging binnen Sekunden unter.

Ben blickte mit finsterem Gesicht die Stelle an, an der es gesunken war. »Mist!«, sagte er. »Jetzt erfahren wir vielleicht nicht, wo er hergekommen ist!«

»Das Boot war leer«, antwortete Mike. »Es hätte uns sowieso nicht weitergeholfen.«

»Hast du seine Uniform erkannt?«, fragte Ben. Mike schüttelte den Kopf und Ben machte ein triumphierendes Gesicht. »Aber ich. Der Mann ist Engländer.«

»Die Vermutung liegt nahe«, sagte Juan spitz, »wenn man vor der englischen Küste kreuzt.«

»Das war eine *Militäruniform*«, sagte Ben betont. »Der Mann gehört zur Kriegsmarine.«

Juan sah auf die wieder still daliegende Wasseroberfläche hinab. »Also, ich habe mir eure Kriegsschiffe immer größer vorgestellt«, witzelte er. »Kein Wunder, dass die Deutschen den Krieg gewinnen werden.«

Ben setzte zu einer geharnischten Antwort an, aber Mike brachte die beiden mit einem bösen Blick zum Verstummen. Rasch folgten sie Singh, der mittlerweile bereits den Turm

erreicht hatte und den Verletzten nach unten trug. Als Mike als Letzter wieder ins Innere des Schiffes trat, drang Trautmans Stimme aus der Tiefe zu ihnen herauf.

»Schließt die Luke!«, rief Trautman. »Es ist möglich, dass jemand die Scheinwerfer gesehen hat. Wir tauchen besser wieder.«

Wie sich zeigte, waren Trautmans Befürchtungen keineswegs übertrieben gewesen. Offenbar beobachtete man von der Küste aus tatsächlich sehr aufmerksam den Ozean. Es verging keine Stunde, da tauchten gleich zwei Zerstörer der britischen Kriegsmarine über ihnen auf, die das Meer in weitem Umkreis mit Scheinwerfern und Leuchtraketen absuchten. Mike und die anderen verfolgten die Aktion vom Salon der NAUTILUS aus. Durch das riesige, runde Aussichtsfenster konnten sie die Schatten der beiden Kriegsschiffe über sich deutlich erkennen. Die NAUTILUS war dreißig Meter gesunken und dann zur Ruhe gekommen. Trautman hatte die Maschinen abgeschaltet, sodass sie kein verräterisches Geräusch mehr verursachten, und sie hatten das Licht im Salon gelöscht. Trotzdem war Mike nicht sehr wohl in seiner Haut. Die beiden Schiffe kreuzten wie riesige stählerne Raubfische über ihnen, und allein die Schnelligkeit, mit der sie erschienen waren, bewies, dass sie keineswegs zufällig hier waren. Irgendetwas war hier geschehen und Mike war fast sicher, dass es mit dem Verletzten zu tun hatte, den sie geborgen hatten.

Ein Geräusch von der Tür her riss ihn aus seinen Überlegungen. Trautman betrat den Salon, machte aber kein Licht, sondern

ging zum Fenster und berührte eine große Taste daneben, woraufhin sich eine gewaltige Irisblende vor dem mannsgroßen runden Bullauge schloss. Erst dann schaltete er das Licht ein. Offenbar war auch er nicht hundertprozentig davon überzeugt, dass sie von oben aus *nicht* gesehen werden konnten.

»Wie geht es ihm?«, fragte Juan.

Sie hatten den Verletzten in eine der leer stehenden Kabinen des für eine viel größere Besatzung gedachten Schiffes gebracht und Trautman war bisher bei ihm geblieben. Er schüttelte besorgt den Kopf. »Serena kümmert sich um ihn, aber ich befürchte das Schlimmste«, sagte er. »Er hat sehr viel Blut verloren. Es ist ein kleines Wunder, dass er überhaupt noch lebt. Der Mann muss dringend zu einem Arzt.«

»Ja, ja«, sagte Ben ungeduldig. »Aber hat er etwas gesagt? Haben Sie irgendetwas von ihm erfahren?«

Trautman antwortete nicht sofort, sondern trat an den Tisch und beugte sich wieder über die Karten. Er nahm einen roten Stift zur Hand und fügte eine weitere Markierung hinzu; diesmal unmittelbar an der Küste, vor der sie lagen. »Er ist immer noch bewusstlos«, sagte er dann. »Und das wird er wohl auch bleiben, fürchte ich. Aber er fantasiert und ich habe seine Brieftasche gefunden.« Er legte den Stift aus der Hand und zog eine angesengte Brieftasche aus der Jacke. Die Jungen traten neugierig näher, als er sie öffnete.

»Der Mann war Zeugmeister auf einem britischen Munitionstransporter«, sagte er.

»Zeugmeister?«, erkundigte sich Chris.

»So eine Art Lagerverwalter«, sagte Ben. An Trautman

gewandt und in fragendem Ton fuhr er fort: »Auf einem Munitionstransporter, sagen Sie?«

Trautman nickte. »Ich weiß nicht genau, was passiert ist, aber er fantasiert von Feuer und Schüssen und von einem Piratenschiff ... Ich wette, es war Winterfeld. Ich verstehe nur nicht, warum.«

»Wahrscheinlich geht ihnen langsam die Munition aus«, sagte Juan. »Es ist nur logisch, wenn er einen Munitionstransporter überfällt.«

»Aber bestimmt keinen *englischen*«, sagte Ben betont. »Die Schiffsgeschütze der LEOPOLD haben ein ganz anderes Kaliber als die der britischen Schlachtschiffe.«

»Und außerdem hatte das Schiff gar keine Granaten an Bord«, fügte Trautman hinzu. Er zog einige Papiere aus der Brieftasche und breitete sie auf dem Tisch vor sich aus. »Hier, das sind die Ladelisten. Schießpulver, Dynamit, einige Fässer Nitroglycerin ... genug, um eine kleine Insel in die Luft zu jagen, aber keine Granaten. Und selbst wenn es so gewesen wäre – Ben hat völlig Recht. Er könnte nichts damit anfangen.« Er schüttelte ein paar Mal den Kopf. »Die Geschichte wird immer rätselhafter. Aber immerhin sind wir ihm auf der Spur. Der Überfall fand kurz nach Sonnenuntergang statt, also gerade erst vor ein paar Stunden. Er kann seitdem nicht besonders weit gekommen sein.«

»Dann sollten wir keine Zeit mehr verschwenden und ihn suchen«, sagte Mike. »Im Grunde kann er von hier aus nur nach Norden geflohen sein.« Er deutete auf die Seekarte vor Trautman. »In allen anderen Richtungen wäre er den Engländern in

die Arme gelaufen. Wenn wir uns beeilen und ein bisschen Glück haben, holen wir ihn noch vor Sonnenaufgang ein.«

»Ja, vermutlich könnten wir das«, sagte Trautman. »Aber wir müssen uns jetzt vor allem um den Verletzten kümmern. Der Mann muss zu einem Arzt oder er stirbt uns unter den Händen. Wir müssen ihn an Land bringen.« Er deutete zur Decke hinauf. »Sobald die Schiffe abgezogen sind, laufen wir die Küste an.«

»Und Winterfeld entkommt!«, sagte Ben.

»Für diesmal, ja«, gestand Trautman. »Mir gefällt der Gedanke auch nicht, aber wir haben keine Wahl.«

»Und wenn wir auftauchen?«, schlug Mike vor.

»Und uns den Engländern stellen?«, fragte Juan. »Du bist verrückt.«

»Natürlich nicht«, verteidigte sich Mike. »Aber wir könnten in zwei oder drei Meilen Entfernung auftauchen, den Verletzten in das Rettungsboot legen und eine Signalrakete abfeuern. Wir sind längst wieder getaucht und meilenweit weg, ehe sie da sind.«

Trautman dachte einen Moment ernsthaft über diesen Vorschlag nach, aber dann schüttelte er doch den Kopf. »Es könnte funktionieren«, sagte er, »aber das Risiko ist zu groß. Außerdem habe ich noch einen anderen Grund, um an Land zu gehen. Wir müssen mehr über Winterfeld und die LEOPOLD erfahren. Solange wir nicht einmal wissen, was er vorhat, haben wir auch keine große Chance, seine Pläne zu durchkreuzen. Ich will ein paar Zeitungen besorgen und mich ein wenig umhören.« Er hob besänftigend die Hand, als Ben erneut protestieren wollte, und deutete mit der anderen auf seine Karte.

»Bisher hat er niemals zweimal hintereinander am gleichen Ort zugeschlagen«, sagte er. »Und es lagen immer ein oder zwei Tage zwischen den Überfällen. Wir haben noch ein wenig Zeit.«

»Und wenn wir ihn aus den Augen verlieren?«, fragte Ben.

»Die Gefahr, dass das passiert, ist viel größer, wenn wir blindlings drauflosstürmen«, erwiderte Trautman. Er deutete wieder auf seine Karte. »Das alles hier hat einen Sinn, Ben. Ich weiß noch nicht, welchen, aber es gibt ihn. Ein paar Stunden, die wir richtig investieren, ersparen uns vielleicht eine tagelange Suche.« Er schloss das Thema mit einer entsprechenden Handbewegung ab. »Geht auf eure Posten. Sobald die beiden Schiffe weg sind, laufen wir die Küste an. Mike – vielleicht gehst du und hilfst Serena?«

Mike brauchte keine zweite Aufforderung. Die Stimmung im Salon war so gedrückt, dass er froh war, ihr entfliehen zu können. Rasch verließ er den Raum, lief die kurze Treppe zum darunter liegenden Deck hinab, auf dem die Mannschaftskabinen untergebracht waren, und betrat die Kajüte ohne anzuklopfen.

Der schwer verletzte Mann lag in der untersten der beiden übereinander liegenden Kojen, die einen Großteil des vorhandenen Raumes einnahmen. Trautman und Singh hatten ihm die zerfetzte Uniform ausgezogen und ihn verbunden, so gut es ging. Aber die Mittel, die sie an Bord der NAUTILUS zur Verfügung hatten, waren beschränkt.

Sie hatten bald herausgefunden, dass das untergegangene Volk der Atlanter, das dieses Schiff gebaut hatte, auch über ein erstaunliches medizinisches Wissen verfügt haben musste – jeder Arzt der Welt hätte vermutlich sehr viel dafür gegeben,

auch nur einen Teil der Medikamente zu besitzen, über die die Bordapotheke des Schiffes verfügte. Seit sie an Bord gekommen waren, war keiner von ihnen krank geworden und sie hatten eine Anzahl von Tinkturen und Salben entdeckt, die kleinere Verletzungen und Schrammen mit nahezu fantastischer Schnelligkeit heilen ließen. Aber dieser Mann hatte keine kleine Schramme und er hatte auch keinen Schnupfen. Er war lebensgefährlich verletzt, und bei allen Wundern, die die NAUTILUS bereithielt – sie hatten keinen Arzt an Bord.

Der Mann bot einen bemitleidenswerten Anblick. Seine Schulter war dick verbunden, aber der weiße Stoff hatte sich bereits wieder dunkel gefärbt. Sein ganzer Körper war mit Schweiß bedeckt und er zitterte ununterbrochen. Serena stand am Kopfende der Liege und kühlte seine Stirn mit einem Tuch, das sie ab und zu in eine Schale mit frischem Wasser tauchte. Als Mike eintrat, sah sie nur kurz auf und schüttelte traurig den Kopf. »Ich kann nichts für ihn tun. Er hat hohes Fieber.«

Mike trat schweigend neben sie und legte ihr den Arm um die Schulter. Normalerweise mochte Serena das nicht, obwohl sie ahnen musste, welche Gefühle Mike für sie hegte, und Mike fast sicher war, dass sie sie insgeheim ein wenig erwiderte. Aber es war eine Geste reiner Freundschaft, die ihr Trost spenden sollte, und das schien sie zu fühlen, denn sie streifte seinen Arm nicht ab.

»Ich fühle mich so hilflos«, sagte sie leise. »Ich habe ihm ein Medikament gegeben, das das Fieber ein wenig senkt, aber das ist auch alles, was ich für ihn tun kann. Wenn ich meine Kräfte noch hätte! Ich könnte ihn in fünf Minuten heilen!«

Serena spielte damit auf die schier an Zauberei grenzenden Fähigkeiten an, die Teil des magischen Erbes gewesen waren, das ihre Eltern ihr als letzter Prinzessin von Atlantis mitgegeben hatten. Mike hatte am eigenen Leib erlebt, wozu sie in der Lage gewesen war – sie hatte ihn nur flüchtig berührt und die Verletzungen, die er beim Kampf um die NAUTILUS davongetragen hatte, waren praktisch vor seinen Augen verschwunden. Aber die Macht, Wunden zu heilen, war eben nur ein Teil dieses Erbes gewesen. Der andere, viel gefährlichere Teil hätte sie alle um ein Haar ins Verderben gerissen und so hatte sie schließlich freiwillig auf diese Kräfte verzichtet.* Sie hatte es nie laut gesagt, aber es waren Momente wie diese, in denen Mike ahnte, wie groß der Verlust wirklich war, den sie erlitten hatte.

»Wir bringen ihn zu einem Arzt«, sagte Mike. Er bemühte sich aufmunternd zu klingen, aber er spürte, dass es nicht gelang. Trotzdem fuhr er fort: »Es ist nicht weit zur Küste. Er wird es schon schaffen.«

»Wenn er den Morgen noch erlebt, ja.« Serenas Stimme zitterte. Mike sah, dass sie für einen Moment mit den Tränen kämpfte. »Ich verstehe eure Welt nicht«, sagte sie. »Du hast mir so viel davon erzählt, aber das, was ich sehe, das ... das ist das genaue Gegenteil.«

»Wie meinst du das?«, fragte Mike.

»Ihr behauptet, dass mein Volk untergegangen ist, weil es seine eigenen Kräfte nicht mehr beherrschen konnte und nicht im Einklang mit sich und der Natur leben konnte –«, antwortete Serena.

* siehe den Band »Die Herren der Tiefe«

He, das habe *ich* nie behauptet!«, protestierte Mike, aber Serena schien seine Worte gar nicht gehört zu haben, denn sie fuhr ungerührt fort:

»– und ihr habt Recht damit! Aber ihr selbst macht alles noch viel schlimmer! Ihr führt Kriege gegeneinander! Ihr baut riesige Maschinen, die keinem anderen Zweck dienen, als euch gegenseitig umzubringen! Habt ihr denn gar nichts aus unserem Schicksal gelernt?«

Wie könntet ihr?, flüsterte Astaroths Stimme in Mikes Gedanken. *Die meisten von euch wissen ja nicht einmal, dass es jemals existiert hat. Sie halten es für eine Legende.*

Mike sah sich suchend in der Kabine um. Er hatte nicht bemerkt, dass Astaroth überhaupt hier war, und er sah ihn auch jetzt nicht. Aber er hätte auch nicht geantwortet, hätte er den Kater gesehen. Astaroths Worte hörten sich überzeugend an, und trotzdem war dies einer der seltenen Momente, in denen der Kater irrte. Er hatte zwar Recht – die allermeisten Menschen hielten Atlantis für eine Legende. Und trotzdem war das Wissen um seine Existenz tief in ihnen allen verborgen und vielleicht auch zumindest das Ahnen um den wahren Grund seines Unterganges. Er widersprach Serena nicht und das lag vielleicht daran, dass er ihr, so gerne er es auch geleugnet hätte, tief in sich drinnen Recht geben musste. Sie alle waren so stolz auf ihre Kultur, auf ihre Technik und ihren Wissensstand, und trotzdem – was unterschied die Menschen des zwanzigsten Jahrhunderts eigentlich von ihren Vorfahren? Soweit sich Mike zurückerinnern konnte, war die aufgezeichnete Geschichte der Menschen im Grunde nicht viel mehr als eine Folge aufgezeichneter *Kriege*,

mit kurzen, zumeist viel zu kurzen Perioden des Friedens dazwischen.

He!, sagte Astaroth erschrocken. *Lass dich nicht von ihr anstecken. Soooo schlimm seid ihr nämlich gar nicht. Glaub mir, ihr Volk war auch nicht ohne.*

»Halt endlich den Mund, Astaroth!«, sagte Mike laut. Serena blickte irritiert auf und Astaroth antwortete schnippisch:

Streng genommen habe ich überhaupt nichts gesagt. Ich kann nämlich überhaupt nicht sprechen, weißt du? Nicht in dem Sinn, in dem ihr –

»Schluss jetzt!«, sagte Mike noch einmal und in noch schärferem Ton. »Mir ist wirklich nicht nach Witzen zumute, Astaroth.«

Tatsächlich schwieg Astaroth, während Serena sich aus Mikes Umarmung löste und das Tuch, mit dem sie die Stirn des Verletzten kühlte, wieder ins Wasser tauchte. »Ihr bringt ihn morgen früh an Land?«, fragte sie.

»Sobald wir von hier wegkommen«, bestätigte Mike. »Es gibt einen kleinen Hafen, ganz in der Nähe. Zumindest auf der Karte sieht er so aus, als könnten wir ohne allzu großes Risiko dort an Land gehen.«

»Ich komme mit«, sagte Serena.

»Davon wird Trautman nicht sehr begeistert sein«, erwiderte Mike. »Du weißt, was –«

»Ich kenne den Unsinn, den er gerne redet«, unterbrach ihn Serena. »Ich bin ein Mädchen und Mädchen dürfen sich nicht in Gefahr begeben, ich weiß. Noch so eine Verrücktheit von euch.«

»War es bei euch denn anders?«, fragte Mike.

Serena legte dem Fiebernden das feuchte Tuch wieder auf

die Stirn und nickte. »Wir haben keinen Unterschied zwischen Männern und Frauen gemacht. Und weißt du, was? Bei uns sind die Frauen auch nicht reihenweise umgekommen, weil sie sich in Situationen begeben hatten, die *Männersache* waren. Außerdem braucht ihr mich.« Sie sah ihn herausfordernd an und deutete auf den Verletzten. »Ich habe zwar meine Heilkräfte verloren, aber ich kann mich immer noch zehnmal besser um ihn kümmern als einer von euch. Vielleicht sagst du das Trautman.«

»Und warum tust du es nicht selbst?«, fragte Mike. Er konnte sich lebhaft vorstellen, wie Trautman auf diesen Vorschlag reagieren würde, und er verspürte wenig Lust auf eine mögliche Diskussion.

»Weil so etwas *Männersache* ist«, antwortete Serena mit einem derart unverschämten Grinsen, dass Mike jede Antwort im Hals stecken blieb. Das Mädchen wurde aber auch sofort wieder ernst.

»Geh und rede mit ihm«, bat es. »Er soll sich beeilen. Ich weiß nicht, ob er bis zum Morgen durchhält. Und ich habe keine große Lust, einen Toten an Land zu bringen.«

»Also gut«, seufzte Mike. »Ich kann es ja wenigstens versuchen.«

Er verließ die Kabine, aber er war kaum draußen auf dem Gang, als ihm Ben entgegenkam. Er wirkte sehr aufgeregt.

»Ist Serena da drin?«, fragte er.

Mike nickte. »Ja. Warum? Was ist passiert?«

Ben wollte einfach an ihm vorüberstürmen, aber Mike vertrat ihm hastig den Weg. »Was willst du von ihr?«

»Ich muss noch einmal mit ihr über dieses *Fern-Sehen* reden«, antwortete Ben.

Mikes Augen wurden groß. »Wie?«

»Aber es ist wichtig!«, antwortete Ben. »Versteh doch! Das ist vielleicht *die* Erfindung des Jahrhunderts! Mir sind da noch ein paar Ideen gekommen, weißt du? Stell dir nur vor, man könnte zum Beispiel Sendezeit verkaufen, damit die Leute, die heiraten wollen, eine Braut oder einen Bräutigam finden! Weißt du, wie viele einsame Menschen es gibt und was sie zahlen würden, um –«

Mike versetzte ihm einen Stoß vor die Brust, der ihn einen Schritt zurückstolpern und erschrocken mitten im Wort verstummen ließ. Wütend schüttelte Mike die Faust vor Bens Gesicht. »Wenn du nicht sofort verschwindest, verpasse ich dir eine blutige Nase!«, versprach er. »Untersteh dich, Serena mit diesem Unsinn zu belästigen!«

Ben war vollkommen verwirrt. Er war einen guten Kopf größer als Mike und um einiges kräftiger, wie sich in zahllosen freundschaftlichen Balgereien immer wieder bestätigt hatte. Trotzdem widersprach er nicht, sondern blinzelte nur irritiert auf Mike herab. »Was ... was ist denn in dich gefahren?«, murmelte er. »Was hast du denn gegen ein gutes Geschäft einzuwenden?«

»Du hast mich verstanden«, grollte Mike. »Lass Serena mit diesem Quatsch in Ruhe oder es kracht!« Und damit lief er an Ben vorbei und machte sich auf den Rückweg zum Salon.

Zu Mikes nicht geringer Überraschung war Trautman keineswegs dagegen, Serena mit an Land zu nehmen. Er war schon

von selbst auf den Gedanken gekommen, dass Serena wohl als Einzige in der Lage war, sich um den Verletzten zu kümmern, und so kam es, dass sie mit dem ersten Licht des Tages zu dritt in einem der beiden Beiboote der NAUTILUS saßen und in den Hafen von Glengweddyn ruderten.

Der Ort, der so winzig war, dass er auf den meisten Karten nicht einmal wieder zu finden gewesen wäre, lag in einer kleinen Felsenbucht, die den Hafen nicht nur wie ein natürliches Bollwerk vor der See und den Stürmen schützte, sondern ihn auch für jedes Schiff, das größer als ein Fischkutter war, unpassierbar machte. Das Wasser war so flach, dass sie bis auf seinen Grund sehen konnten, und die hoch aufragenden Felsen auf beiden Seiten der Einfahrt hatten es der NAUTILUS ermöglicht, bis auf weniger als eine halbe Meile an die Küste heranzufahren, ehe sie in das Boot umsteigen mussten. Und als hätte sich die Natur entschlossen, ihnen noch eine weitere Hilfe zu gewähren, war mit der Dämmerung dichter Nebel aufgekommen, der das Schiff auch vor jeder zufälligen Entdeckung schützte: Alles, was weiter als zweihundert Yards von der Küste entfernt war, lag hinter einer undurchdringlichen grauen Wand verborgen.

»Also, denkt daran«, sagte Trautman, als sie sich der niedrigen Kaimauer näherten. »Wir haben den Mann draußen auf dem Meer gefunden. Das Boot trieb im Nebel und wir haben keine Ahnung, wo er herkommt oder wer er ist. Und Serena – stell keine Fragen und tu nichts, von dem du nicht sicher bist, dass wir es auch täten.«

Serena nickte. Sie gab sich Mühe, sich nichts anmerken zu lassen, aber sie war sehr nervös. Mit Ausnahme einiger einsa-

mer, weitab von aller menschlichen Zivilisation liegender Inseln war dies das erste Mal, dass Serena an Land ging, und somit auch das erste Mal, dass sie eine für sie vollkommen neue und fremdartige Welt betrat. Mike hätte sich gewünscht, dass es unter etwas weniger dramatischen Umständen geschehen wäre. Andererseits, versuchte er sich selbst zu beruhigen, was sollte schon groß passieren? Sie würden den Verletzten zu einem Arzt bringen, ihre Geschichte erzählen und wieder verschwinden, noch ehe jemand auf die Idee kommen konnte, ihnen zu viele neugierige Fragen zu stellen.

Wenigstens war das die Theorie. Aber irgendetwas sagte ihm, dass es nicht so einfach sein würde.

Außerdem war es viel zu spät, sich jetzt noch Sorgen zu machen. Sie hatten jetzt den Kai erreicht und sie waren auch bereits gesehen worden. Drei Männer in einfacher, grober Kleidung eilten ihnen entgegen. Einer warf Mike ein Tau zu, das dieser geschickt auffing und an einer Öse am Bug des Schiffes befestigte, die beiden anderen beugten sich neugierig vor und versuchten einen Blick ins Innere des Bootes zu erhaschen.

»Ahoi!«, rief einer der Männer. »Wer seid ihr denn?«

»Und was treibt ihr bei diesem Nebel draußen auf See? Noch dazu in dieser Nussschale?«, fügte der andere hinzu.

»Wir haben einen Verletzten an Bord«, antwortete Trautman. Während Mike das Boot vertäute, stand er auf und deutete auf die Gestalt zu seinen Füßen. Sie hatten den Verwundeten so dick in Decken und eine wasserdichte Plane gewickelt, dass nur noch sein Gesicht sichtbar war. »Gibt es hier einen Arzt?«

»Doc Hanson«, antwortete einer der Männer. »Aber der wird jetzt noch schlafen, fürchte ich. Was ist passiert?«

»Dann sollte jemand gehen und ihn wecken«, erwiderte Trautman. »Und möglichst schnell. Den Mann hat es wirklich schlimm erwischt. Für Erklärungen ist jetzt keine Zeit.«

Mike kam die ruppige Art, auf die Trautman die neugierigen Fragen der Männer abblockte, ein wenig gewagt vor – aber sie tat ihren Dienst. Einer der drei drehte sich auf der Stelle herum und hastete davon, während die beiden anderen Trautman dabei halfen, den Verletzten so behutsam wie möglich aus dem Boot zu heben. Auch Serena und Mike verließen das Boot, hielten sich aber ein wenig im Hintergrund.

Serena hatte ein einfaches, grobes Kleid angezogen und ihr schulterlanges blondes Haar verbarg sich unter einem schwarzen Tuch, das sie weit ins Gesicht gezogen hatte. Aber ihr Blick huschte sehr aufmerksam in die Runde, und obwohl sie sich bemühte möglichst unbeteiligt dreinzusehen, konnte Mike ihre Aufregung fast körperlich fühlen.

Dabei stellte ihre Umgebung eigentlich eher eine Enttäuschung dar. Ein einziger Blick in die Runde hatte Mike klar gemacht, warum Glengweddyn auf so gut wie keiner Karte zu finden war: Es war ein Kaff, das den Namen *Ort* nicht verdiente. Längs der aus groben Sandsteinblöcken errichteten Kaimauer drängelte sich ein gutes Dutzend Häuser, von denen keines jünger als hundert Jahre zu sein schien, und das war alles. Hinter dem grauen Nebel, der vom Meer heraufgekrochen war und nun auch den Ort einzuhüllen begann, konnte er einen schäbigen Kolonialwarenladen erkennen, dessen Läden noch

geschlossen waren, daneben ein winziges Pub und ansonsten nichts als gleichförmige, schäbige Häuser mit größtenteils ebenfalls noch geschlossenen Läden. Nirgendwo brannte ein Licht. Kein Wunder, dachte er, dass der Arzt noch schlief. Der ganze Ort schien noch zu schlafen.

Irgendwie hatte er das Bedürfnis, sich bei Serena zu entschuldigen. »Es sieht nicht überall so aus wie hier«, sagte er in fast verlegenem Tonfall. »Das hier ist ein sehr kleiner Ort, weißt du?«

»Ich finde es ... interessant«, antwortete Serena. Offenbar wollte sie höflich sein. »So etwas hat es bei uns nicht gegeben.«

Ja, dachte Mike griesgrämig. *Das glaube ich sofort.* Er hatte bisher auch nicht gewusst, dass es so etwas *hier* gab.

Aber wenn Glengweddyn auch zu den Orten gehören mochte, deren Namen größer waren als die dazugehörige Stadt, so hatte es doch eines mit den meisten Städten auf der Welt gemeinsam: Seine Bewohner waren nicht nur sehr hilfsbereit, sondern auch sehr neugierig. Es vergingen keine fünf Minuten, bis sich die Straße langsam zu füllen begann. Ein gutes Dutzend Menschen umlagerte Trautman und die beiden Männer, die den Verletzten trugen, und auch Mike und Serena sahen sich plötzlich im Mittelpunkt der allgemeinen Aufmerksamkeit. Wahrscheinlich, dachte er, verirrt sich so selten ein Schiff in diesen Hafen, dass jeder Fremde hier eine kleine Sensation darstellt.

Dann entdeckte er etwas, was ihn überraschte. Inmitten der kleinen Menschenmenge, die sie umlagerte, stand ein Mann. Er war ein gutes Stück größer als die meisten anderen, tadellos

frisiert (auch das unterschied ihn von den struppigen und zum Großteil stoppelbärtigen Gestalten) und vor allem: Er trug nicht die übliche, grobe Arbeitskleidung, sondern eine dunkelblaue Marineuniform, auf deren Ärmeln goldene Offiziersstreifen blitzten. Er stand einfach da und blickte ihn an und er tat es auf eine Art, die Mike nicht gefiel.

Unauffällig versuchte er an Trautmans Seite zu gelangen und raunte ihm zu: »Sehen Sie nicht hin – aber da ist ein Offizier.«

Trautman sah natürlich *doch* hin, aber er tat es ganz bewusst so direkt, dass es als ganz normaler, neugieriger Blick in die Runde durchgehen mochte.

»Ich sehe ihn«, flüsterte er. »Und?«

»Das gefällt mir nicht«, antwortete Mike. »Er trägt die gleiche Uniform wie der Verletzte. Was macht ein Offizier der Royal Navy in einem Kaff wie diesem?«

Trautman zuckte mit den Schultern – und dann tat er etwas, was Mike schier den Atem stocken ließ: Er wandte sich um und trat direkt auf den Offizier zu.

»Sir!«, sagte er. »Gut, dass ich Sie treffe. Sie können mir sicher weiterhelfen. Mein Name ist Trautman. Das da –«, er deutete auf Mike und Serena, »– sind meine Enkel, Mike und Sally. Wir haben diesen Mann heute Nacht in einem Boot auf dem Meer treibend aufgefunden und mir scheint, er gehört zur Navy. Er trug eine Uniform wie Ihre. Vielleicht vermissen Sie ihn schon?«

Eine Sekunde lang spiegelte sich nichts als blankes Misstrauen auf dem Gesicht des Offiziers. Aber dann trat er näher, warf einen flüchtigen Blick auf den Verletzten und schüttelte

den Kopf. »Er muss von der HARRISON sein«, sagte er. »Nein, ich kenne ihn nicht. Aber ich weiß, woher er kommt.« Er sah auf, lächelte entschuldigend und salutierte nachlässig, als er sich wieder direkt an Trautman wandte.

»Bitte entschuldigen Sie meine Unhöflichkeit, Sir. Mein Name ist Stanley. Kapitän Mark Stanley von der HMS GRISSOM. Ich danke Ihnen im Namen Seiner Majestät, dass Sie den Mann gerettet haben. Was hat er für Verletzungen?«

Etwas an der Art, auf die er diese Frage stellte, gefiel Mike nicht und Trautman musste es wohl ganz ähnlich ergehen, denn er zögerte eine Winzigkeit, ehe er antwortete: »Ich verstehe nichts davon, Sir. Aber ich glaube, man hat auf ihn geschossen.«

»Ja, das denke ich auch«, antwortete Stanley. »Er sieht nicht gut aus. Ein Wunder, dass er noch lebt. Wo bleibt dieser Arzt?« Er sah sich suchend um, dann rief er mit erhobener Stimme: »Sparks!«

Es verging nur eine Sekunde, dann drängte sich ein Mann in der blauen Uniform der Kriegsmarine durch die Menge, deren Aufmerksamkeit sich mittlerweile völlig auf den Offizier und Trautman konzentriert hatte. Er war ebenso groß und tadellos gekleidet wie Stanley, hatte aber deutlich weniger Streifen auf dem Ärmel. Wahrscheinlich sein Adjutant, dachte Mike. Der Mann nahm vor Stanley Aufstellung und salutierte zackig.

»Sir?«

»Hängen Sie sich ans Funkgerät«, antwortete Stanley. »Sie sollen den Arzt herschicken. Wir haben hier einen Verletzten.«

Sparks eilte mit Riesenschritten davon und Stanley drehte sich

wieder herum und sagte: »Nichts gegen den Arzt der guten Leute hier, aber ich denke, dass sich unser Doktor ein wenig besser auf die Behandlung von Schussverletzungen versteht.«

Wie auf ein Stichwort hin kam in diesem Moment der Mann zurück, den Trautman nach dem Arzt geschickt hatte. Er war nicht allein. In seiner Begleitung befand sich ein älterer Mann mit schütterem Haar, der noch einen Morgenmantel trug und vollkommen verschlafen wirkte. Trotzdem musste er Stanleys Worte gehört haben, denn er spießte ihn mit Blicken regelrecht auf. Aber er enthielt sich jedes Kommentares, sondern beugte sich nur wortlos über den Verletzten und schüttelte den Kopf, als Trautman Anstalten machte, die Decke beiseite zu schlagen, in die er eingewickelt war.

»Hier kann ich überhaupt nichts für ihn tun«, sagte er. »Bringt ihn in mein Haus. Aber vorsichtig.«

Trautman und die beiden Männer, die ihm schon zuvor geholfen hatten, hoben den Verletzten behutsam auf und trugen ihn zu einem der schmalbrüstigen, alten Häuser. Es ging durch einen dunklen Korridor in ein kleines, auf einen Hinterhof hinausgehendes Zimmer, das, wie es schien, zugleich als Warte- wie auch als Behandlungszimmer diente. Es gab eine Anzahl ungepolsterter Stühle, die sich an der Wand neben der Tür aufreihten, einen unordentlichen Schreibtisch und einige mit Medikamenten, Töpfen, Flaschen und allerlei ärztlichen Instrumenten voll gestopfte Schränke. In der Mitte des Raumes stand ein gewaltiger Tisch mit einer makellos polierten Metallplatte, auf die die beiden Männer den Verletzten legten. Mike hatte nie zuvor eine Arztpraxis wie diese gesehen.

Was vielleicht daran lag, dass er nie zuvor bei einem *Arzt* wie diesem gewesen war ...

Mikes Augen wurden groß, als er das über dem Schreibtisch hängende Diplom erblickte:

Dr. vet. Marcus Hanson

Hanson war kein Arzt. Jedenfalls keiner für *Menschen*. Er war *Tierarzt*.

»Äh ... Trau–«, begann er und verbesserte sich hastig. »Großvater?«

Trautman reagierte erst mit ungefähr einer Sekunde Verzögerung, was nicht nur Mike auffiel. Auch Stanley sah auf und wieder erschien dieser sonderbare, halb nachdenkliche, halb misstrauische Blick in seinen Augen. Er sagte nichts.

»Ja?«, fragte Trautman.

Mike deutete schweigend auf das Diplom und auch Trautman wurde ein wenig blass um die Nase. Offenbar verstand er jetzt, warum Stanley es plötzlich so eilig gehabt hatte, seinen Schiffsarzt hierher zu beordern.

Aber auch Hanson war der kurze Zwischenfall nicht entgangen. Er hatte mittlerweile die Decke von der Schulter des Verletzten entfernt und die Wunde einer ersten flüchtigen Musterung unterzogen. Jetzt sah er eindeutig verärgert auf. »Falls es jemanden interessiert«, sagte er scharf, »ich habe in meinem Leben wahrscheinlich mehr Schusswunden behandelt, als Sie alle zusammen je gesehen haben. Die Leute hier in der Gegend sind ganz versessen darauf, auf streunende Hunde und Katzen zu schießen, und manchmal erwischen sie dabei auch die ihrer Nachbarn oder gleich die Nachbarn selbst.

Ich kann es natürlich auch lassen und auf den Arzt vom Schiff warten.«

Stanley schien die Verärgerung des Arztes äußerst amüsant zu finden. Er schüttelte lächelnd den Kopf und deutete eine Verbeugung an. »Es liegt mir fern, an Ihren Fähigkeiten zu zweifeln, Doc«, sagte er. »Bitte, tun Sie Ihre Arbeit.«

Hanson bedachte ihn mit einem weiteren, zorngeladenen Blick, aber dann beugte er sich wieder über den Verletzten. »Das ist eine ziemlich üble Schusswunde«, sagte er. »Aber sie ist ausgezeichnet versorgt worden.« Er sah auf und blickte Trautman an. »Haben Sie das getan?«

»Das war Sally«, antwortete Trautman. »Sie hat sich um ihn gekümmert, so gut es ging. Wir sind einfache Fischer, wir haben keine Erfahrung in –«

»Aber das war hervorragende Arbeit«, unterbrach ihn Hanson. »Besser hätte ich es auch nicht gekonnt.« Er wandte sich an Serena. »Du hast diesem Mann das Leben gerettet, weißt du das? Wieso kannst du so etwas?«

Mike hielt instinktiv den Atem an, aber Serena erwies sich als ausgezeichnete Schauspielerin. Mit perfekt gemimter Verblüffung sah sie den Arzt an und schüttelte den Kopf. »Ich weiß nicht«, sagte sie und brachte es sogar fertig, einen kindlich naiven Ton in ihre Stimme zu zaubern. »Ich habe einfach getan, was mir richtig erschien. Habe ich etwas falsch gemacht?«

»Um Gottes willen, nein!«, sagte Hanson hastig. »Du hast eine Adernkompresse angelegt, die Wunde gesäubert und den Arm stillgelegt. Du musst ein Naturtalent sein. Du solltest Ärztin werden, weißt du das?«

Serena lächelte geschmeichelt und Hanson wandte sich nach einem letzten, beinahe bewundernden Blick wieder seinem Patienten zu.

»Puh«, flüsterte Mike. »Das war knapp. Sag jetzt besser nichts mehr.«

Serena maß ihn mit einem vollkommen verständnislosen Blick. Als Hanson nach einem Skalpell griff, sog sie scharf die Luft ein.

»Was hat er mit dem Messer vor?«, keuchte sie – so laut, dass alle im Raum die Worte hören mussten.

»Keine Angst, junge Dame«, sagte Hanson lächelnd. »Ich tue deinem Patienten nichts. Ich muss nur die Wunde ein wenig aufschneiden, damit der Eiter abfließen kann. Ich bin sicher, er merkt es nicht einmal.«

»Aber man schneidet doch einen Menschen, der krank ist, nicht auf«, sagte Serena entsetzt. »Das ist barbarisch! Da, wo ich herkomme –«

»Wo kommst du denn her?«, fragte Stanley in so beiläufigem Ton, dass Serena um ein Haar geantwortet hätte. Aber Trautman war schneller.

»Aus Wilshire, Käpt'n Stanley.«

Stanley maß ihn mit einem nachdenklichen Blick. »Wilshire, so«, sagte er. »Das kenne ich. Aber das liegt nicht unbedingt am Meer.«

»Die beiden sind nur zu Besuch auf meinem Schiff«, antwortete Trautman nervös. »Mein Sohn und meine Schwiegertochter haben mit der Seefahrerei nichts am Hut. Aber die beiden haben sich gewünscht, einmal ein paar Wochen mit mir auf

Fischfang zu gehen, und in diesem Jahr haben ihre Eltern es zum ersten Mal erlaubt.«

»Mitten im Schuljahr?«, fragte Stanley. Er schüttelte den Kopf. »Nun, es geht mich nichts an, aber ich finde es nicht sehr verantwortungsbewusst von Ihnen, mit zwei Kindern an Bord in einem Kriegsgebiet zu kreuzen, Kapitän Trautman.«

»Wir haben vom Krieg bisher nicht viel bemerkt«, sagte Mike. »Ich schätze, die Navy hat uns gut beschützt.«

Stanley lächelte, aber Mike war nicht ganz sicher, ob das nicht nur als Anerkennung für seine Schlagfertigkeit gemeint war. Er hatte das Gefühl, dass der Mann ihm kein Wort glaubte.

»Wie heißt denn euer Schiff?«, fragte Stanley.

»Es ist die NAUT–«, begann Mike, biss sich auf die Unterlippe und verbesserte sich hastig: »Die NAUTIC STAR. Aber eigentlich ist es gar kein richtiges Schiff. Nur ein kleiner Kutter.«

»Soso.« Stanley nickte. »Und ihr fischt damit hier vor der Küste. Eigentlich hättet ihr mein Schiff sehen müssen. Die GRISSOM kreuzt draußen vor der Küste, nur ein paar Meilen entfernt.« Er wandte sich an Trautman. »Sind Sie aus östlicher Richtung gekommen?«

»Aus Westen«, antwortete Trautman und Stanley schüttelte abermals den Kopf.

»Seltsam. Sie hätten der GRISSOM genau vor den Bug laufen müssen. Sie ist kaum zu übersehen, wissen Sie.«

»Vielleicht ... vielleicht liegt es am Nebel«, sagte Trautman. »Er war wirklich schlimm. Man konnte sozusagen die Hand vor den Augen nicht sehen.« Er lachte unecht. »Ich hoffe, wir finden unser Schiff überhaupt wieder. Es liegt draußen vor Anker. Ich

wollte nicht damit in den Hafen einlaufen. Die NAUTIC STAR ist nicht groß, aber sie hat einen ziemlichen Tiefgang.«

»Selbstverständlich werde ich Sie und Ihre Enkel zu Ihrem Schiff zurückbringen lassen«, sagte Stanley. »Aber vorher müssen Sie mir die Ehre erweisen, mich auf die GRISSOM zu begleiten und dort mit mir zu essen. Das ist das Mindeste, was ich Ihnen als Dank schulde. Immerhin haben Sie einem Matrosen der Royal Navy das Leben gerettet. Und ihr beiden –«, er drehte sich zu Mike und Serena um und lächelte noch breiter, »– möchtet doch bestimmt einmal ein richtiges Kriegsschiff aus der Nähe sehen, oder?«

»Ich fürchte, dazu haben wir keine Zeit«, sagte Trautman rasch. »Wir müssen weiter. Wir haben eine Verabredung, die wir einhalten müssen. Wir haben schon viel zu viel Zeit verloren. Man wird in Sorge sein, wenn wir nicht pünktlich kommen. Sie haben es ja selbst gesagt – die Gegend hier ist nicht besonders sicher.«

»Ich kann Sie mit der GRISSOM ein Stück begleiten«, sagte Stanley.

Trautman winkte ab. »Das ist sehr freundlich, aber nicht nötig. Wer hätte schon Interesse daran, einem kleinen Fischerboot etwas zu tun.«

Mike fand, dass er sich mit jedem Wort, das er sagte, weniger glaubhaft anhörte. Er wurde immer nervöser und Stanley machte sich nun gar nicht mehr die Mühe, seine wahren Gefühle zu verbergen. Aber zu Mikes Überraschung verzichtete er darauf, weiter in Trautman zu dringen, sondern zuckte nur mit den Schultern. »Ganz wie Sie wünschen«, sagte

er. »Aber dann darf ich Sie wenigstens noch nach draußen begleiten.«

Mike hatte damit gerechnet, dass sie sofort zum Boot gehen würden, aber Trautman wandte sich nach rechts und steuerte auf den Kolonialwarenladen zu, blieb aber nach einigen Schritten wieder stehen, da die Läden noch immer geschlossen waren. Er wirkte enttäuscht, was Stanley mit einem flüchtigen Lächeln quittierte. »Ja, die Provinz«, sagte er spöttisch. »Seit ich hierher gekommen bin, weiß ich endlich, was man unter einem *verschlafenen Nest* versteht. Die Leute hier gehen mit den Hühnern ins Bett, aber sie stehen nicht mit ihnen auf.« Er deutete auf das Meer hinaus. »Wenn Sie irgendetwas benötigen, ich bin sicher, dass wir an Bord der GRISSOM alles –«

»Das ist wirklich nicht nötig«, unterbrach ihn Trautman hastig. »Wir haben alles, was wir brauchen, vielen Dank. Ich wollte mir nur einige Zeitungen beschaffen. Wir sind jetzt seit zwei Wochen auf See, wissen Sie, und da ist man ganz begierig auf eine neue Zeitung.«

Sie änderten ihre Richtung und gingen nun wirklich auf das Boot zu, das von einer Gruppe Männern interessiert betrachtet wurde. Stanley folgte ihnen beharrlich. Er lachte wieder.

»Sie wären sowieso enttäuscht worden«, sagte er. »Die neueste Zeitung, die Sie hier bekommen, dürfte ein halbes Jahr alt sein. Aber wenn Sie an etwas Bestimmtem interessiert sind vielleicht kann ich Ihnen Auskunft geben?«

Seine Augen wurden schmal und sein Blick war nun eindeutig lauernd. Mike wünschte sich, sie hätten Astaroth mitgenom-

men. Der Kater hatte auch mitkommen wollen, aber Trautman war der Meinung gewesen, dass es zu ungewöhnlich sei, auch noch in Begleitung einer Katze an Land zu kommen. Ein Fehler, wie sich im Nachhinein herausstellte. Aufgefallen waren sie Stanley sowieso. Und der Kater hätte seine Gedanken lesen und Mike mitteilen können, was dieser Mann *wirklich* von ihnen wollte.

»Oh, ich will nichts Bestimmtes wissen«, antwortete Trautman. »Ich bin einfach nur neugierig. Das heißt – *eine* Frage interessiert mich doch. Was machen Sie hier? Es ist ungewöhnlich, den Kommandanten eines Kriegsschiffes an einem solchen Ort anzutreffen.«

Stanley lächelte. »Sagen wir: Ich bin auf der Suche nach etwas. Oder jemandem.« Er sah Trautman scharf an. »Ihnen ist nichts Ungewöhnliches aufgefallen auf dem Weg hierher?«, fragte er. »Außer dem armen Kerl da drinnen?«

Trautman verneinte. »Nein. Wir haben uns immer dicht an der Küste gehalten. Unser Schiff ist nicht hochseetüchtig, wie Sie ja wissen. Was sollte mir denn aufgefallen sein?«

Stanley zuckte mit den Achseln. »Wenn Sie es gesehen hätten, wüssten Sie, wovon ich rede.«

Sie hatten mittlerweile das Wasser erreicht. Die Männer, die auf dem Kai standen, machten ihnen bereitwillig Platz und Trautman kletterte als Erster in das Boot hinunter. Stanley blickte ihm neugierig nach. »Eine interessante Konstruktion«, sagte er. »Was für eine Art Boot ist das? So etwas habe ich noch nie gesehen.«

»Das ist ... äh ... ein Erbstück meines Vaters«, sagte Traut-

man. Er versuchte zu lachen, aber es wirkte so wenig überzeugend wie alles andere, was er bisher getan hatte. »Der alte Herr hatte eine Vorliebe für verrückte Sachen. Es sieht interessant aus, aber es schwimmt nicht sehr gut. Bei jeder größeren Welle muss man Angst haben, dass es kentert.«

Stanley nickte, aber er tat es auf eine Art, der man ansah, dass er sich seinen Teil dabei dachte. Doch er sagte nichts mehr, sondern trat beiseite um Serena vorbeizulassen. Mike machte sich als Letzter daran, ins Boot zu steigen. Dabei drehte er sich herum, und sein Blick fiel auf die Gruppe von drei oder vier Männern unten an der Straße, die er vorhin schon bemerkt hatte. Er erstarrte. Es war vielleicht nur eine Sekunde, dass er das Gesicht eines der Männer deutlich sah, aber diese winzige Zeitspanne war mehr als ausreichend um ihn zu erkennen.

Er trug die gleiche Art einfacher, grober Kleidung, die hier üblich zu sein schien. Sein graues Haar war unter einer schwarzen Mütze verborgen und der untere Teil seines Gesichtes lag hinter einem schwarzen Wollschal, vorgebend, es vor dem schneidenden Wind zu schützen, der vom Meer her wehte, in Wahrheit aber wohl eher, um den sauber gezwirbelten Kaiser-Wilhelm-Bart zu verdecken. Mike wusste, dass er sich hinter dem Schal verbarg. Er hatte sich dieses Gesicht zu deutlich eingeprägt, um es jemals wieder zu vergessen.

»*Winterfeld!*«, keuchte er. »Das ... das ist Winterfeld!«

Trautman sah mit einem Ruck auf. Auf seinem Gesicht machte sich Entsetzen breit, und auch Stanley fuhr abrupt herum, starrte erst ihn und dann den Mann in der schwarzen Jacke an.

Aber als Mike ebenfalls wieder in dessen Richtung blickte, war er verschwunden.

Und mit ihm die drei anderen Männer.

»Mike!«, sagte Trautman scharf. »Komm schon! Wir müssen los!«

Mike erwachte aus seiner Erstarrung und fuhr herum. Er sprang mit einem Satz ins Boot, und noch während er um sein Gleichgewicht kämpfte, löste Trautman bereits mit fliegenden Fingern das Tau, das das Boot am Ufer hielt.

»Sir!«, sagte Stanley scharf. »Auf ein Wort noch!«

Trautman ignorierte ihn. Hastig warf er das Tau über Bord, griff nach einem der Ruder und versuchte, das Boot damit von der Kaimauer abzustoßen.

»Trautman!«, sagte Stanley. »Bleiben Sie, wo Sie sind!«

Das war keine Bitte mehr, sondern ganz eindeutig ein Befehl. Jede Spur von Freundlichkeit war aus Stanleys Stimme verschwunden.

Mike griff rasch nach dem zweiten Ruder, stemmte es gegen die Kaimauer und drückte mit aller Kraft. Jetzt bewegte sich das Boot schneller, aber noch immer nicht schnell genug. Stanley hatte wohl eingesehen, dass sie seinem Befehl nicht freiwillig folgen würden, denn er beugte sich vor und versuchte eines der Ruderblätter zu packen. Serena sprang auf und fuhr ihm mit den Fingernägeln über den Handrücken. Stanley zog die Hand mit einem zornigen Schrei wieder zurück und endlich kamen sie frei. Das Boot glitt träge drei, vier Yards von der Kaimauer fort und begann sich auf der Stelle zu drehen, als Mike das Ruder ins Wasser tauchte.

»Trautman, das ist ein Befehl!«, donnerte Stanley. »Kommen Sie zurück!«

Mike ruderte wie wild. Das Boot drehte sich scheinbar auf der Stelle und richtete den stumpfen Bug auf die Hafenausfahrt und den Nebel, der noch immer wie eine graue Wand davor aufragte.

Trautman war nach hinten gehastet und hatte die Plane beiseite geschlagen, unter der sich der Außenbordmotor des Bootes verbarg.

Stanley schrie ihnen ein weiteres Mal zu dazubleiben, aber seine Worte gingen im Geräusch des erwachenden Motors unter. Nur wenige Sekunden später begann das Wasser hinter dem Heck des Bootes zu brodeln und sie schossen pfeilschnell auf die Hafenausfahrt und die offene See zu.

Der Nebel verschluckte sie wie eine weiche weiße Wand, aber das Gefühl der Sicherheit, auf das Mike wartete, stellte sich nicht ein. Er ertappte sich dabei, wie er sich immer wieder umdrehte und in das wogende Grau hinter dem Boot zurückblickte, und er erwartete jeden Augenblick, einen Verfolger dort auftauchen zu sehen. Was natürlich nicht geschehen würde. Das Boot war viel schneller als jedes Schiff und der Nebel gab ihnen zusätzlichen Schutz.

»Das war knapp!«, sagte Trautman. Auch er sah sich immer wieder um, was Mike klar machte, dass auch er sich nicht sicher fühlte.

»Es tut mir Leid«, sagte Mike kleinlaut. »Ich ... ich wollte das nicht sagen. Aber als ich Winterfeld erkannt habe –«

»Bist du sicher, dass er es war?«, fragte Trautman.

»Ganz sicher«, bestätigte Mike. Er hatte ihn allerhöchstens eine Sekunde gesehen, aber es gab überhaupt keinen Zweifel – der Mann in der schwarzen Jacke war Winterfeld gewesen. »Ich weiß, ich hätte mich beherrschen sollen, aber –«

»Es ist nicht deine Schuld«, unterbrach ihn Trautman. »Stanley hätte uns sowieso aufgehalten. Der Mann ist misstrauisch. Und er ist nicht dumm. Er hat uns kein Wort geglaubt. Keine Angst – er wird uns nicht einholen. Bevor sein Schiff hier ist, sind wir längst meilenweit weg.« Er bemühte sich optimistisch zu klingen, aber sein Gesichtsausdruck war sehr ernst.

»Was mir Sorgen bereitet, ist Winterfeld«, sagte er. »Was macht er hier?«

»Ich frage mich vielmehr, was diese *beiden* Männer hier tun«, sagte Serena. »Stimmt es, was Mike über den Ort erzählte? Dass er ganz unbedeutend sein soll?«

»Das dürfte noch geschmeichelt sein«, antwortete Trautman.

»Aber es kann nicht stimmen«, widersprach Serena. »Nicht, wenn sie beide hier sind.«

Trautmans Gesicht verdüsterte sich noch weiter. »Ja«, murmelte er. »Das scheint mir auch so. Aber keine Sorge – wir werden es herausfinden, sobald wir wieder auf der NAUTILUS sind. Und wir –«

»Still!« Serena hob hastig die Hand und legte den Kopf auf die Seite. Trautman verstummte mitten im Wort und auch Mike lauschte angespannt. Nach einer Sekunde hörte er es auch: In das Geräusch der Brandung und das Dröhnen ihres Motors hatte sich ein neuer Laut gemischt. Ein tiefes Summen, das rasch

lauter wurde. Mike vermochte nicht zu sagen, was es bedeutete, aber es gefiel ihm nicht.

Auch Trautman schien das Geräusch zu beunruhigen, denn er erhöhte ihr Tempo. Die Sicht betrug vielleicht zehn oder fünfzehn Meter. Sie waren viel zu schnell, um irgendeinem Hindernis, das unversehens vor ihnen auftauchen mochte, noch rechtzeitig auszuweichen. Mike schickte ein Stoßgebet zum Himmel, dass ihre Flucht nicht an einem Riff oder einer Sandbank enden mochte, die sie auf dem Weg hierher übersehen hatten. Aber er beruhigte sich damit, dass Trautman ein ausgezeichneter Steuermann war, der wusste, was er tat.

Sie liefen auf kein Riff, und es vergingen auch nur noch einige wenige Sekunden, bis der Nebel ein wenig auflockerte. Die grauen Schwaden lösten sich nicht ganz auf, aber sie konnten wenigstens wieder etwas weiter sehen. Was Mike allerdings *nicht* ausmachen konnte, das war die NAUTILUS.

»Wo ist das Schiff?«, fragte er alarmiert.

»Keine Sorge«, antwortete Trautman. »Singh weiß, was er tut. Wenn wir ihn nicht finden, dann findet er uns.«

Mike hoffte inständig, dass es so war. Trautman hatte sicher Recht – es würde eine geraume Weile dauern, bis Stanley Kontakt mit seinem Schiff aufgenommen hatte und die GRISSOM hier sein konnte. Andererseits saßen sie in einem winzigen Boot, und ihr Treibstoffvorrat war beschränkt, vor allem bei dem mörderischen Tempo, das Trautman vorlegte. Sie konnten sich nicht ernsthaft einreden, ein Wettrennen mit einem ausgewachsenen Zerstörer zu gewinnen.

»Da!«, schrie Serena plötzlich. *»Seht doch!«*

Ihre Hand wies nach hinten. Mike drehte sich hastig im Boot herum – und schrie vor Schreck laut auf.

Das Summen war lauter geworden und mittlerweile fast zu einem Dröhnen angewachsen. Es kam von einem grau gestrichenen, schlanken Boot, das hinter ihnen aus dem Nebel aufgetaucht war, viel größer als ihr eigenes – aber nicht nennenswert langsamer. Ganz im Gegenteil: Mike registrierte mit einem Gefühl eisigen Entsetzens, dass ihr Vorsprung allmählich zusammenschmolz. Offensichtlich hatten sie Stanley unterschätzt. Der Kapitän hatte sich nicht allein auf die GRISSOM verlassen, die irgendwo, vielleicht meilenweit entfernt, vor Anker lag. Das Schnellboot musste ganz in der Nähe des Hafens gewartet haben, ebenso wie die NAUTILUS im Nebel verborgen, sodass sie es auf dem Weg zur Küste nicht einmal gesehen hatten.

Trautman fluchte und erhöhte ihre Geschwindigkeit noch einmal. Das Boot machte einen regelrechten Satz und flog nun wie ein flach geworfener Stein über das Wasser, und obwohl auch ihr Verfolger noch einmal kräftig an Geschwindigkeit zulegte, wuchs ihr Vorsprung wieder.

Der Nebel lichtete sich weiter, und endlich sahen sie die NAUTILUS. Das Tauchboot befand sich noch eine gute Meile entfernt und Mike registrierte voller Entsetzen, dass die Turmluke offen stand und sich die gesamte Besatzung an Deck aufhielt. Er begann zu schreien und mit beiden Armen zu gestikulieren, obwohl er selbst wusste, wie wenig das nutzte. Sie waren viel zu weit entfernt um gehört zu werden.

Erfüllt von einem Gefühl der Furcht, das einer Panik nahe

kam, blickte er wieder zu ihrem Verfolger. Das Schnellboot war weiter zurückgefallen, aber nun sah er etwas, was ihm bisher entgangen war: Das Schnellboot war nicht nur ein Schnellboot – es war zugleich auch ein Kanonenboot. Auf dem Vorderdeck befand sich ein bisher unter einer Segeltuchplane verborgenes Geschütz, das nun von zwei Männern hastig freigelegt wurde. Mike zweifelte, dass sie bei dem Tempo, mit dem das Schiff durch die Wellen pflügte, einen gezielten Schuss abgeben konnten, aber allein der Anblick der Kanone, die sich auf sie richtete, ließ sein Herz schneller schlagen.

Er sah wieder zur NAUTILUS hinüber. Dort hatte man gottlob mittlerweile ebenfalls ihre Verfolger bemerkt. Singh und die anderen hasteten mit gewaltigen Schritten auf den Turm zu und es verging nicht einmal eine Minute, bis das Wasser hinter dem Heck der NAUTILUS zu sprudeln begann. Offensichtlich hatte Singh zumindest nicht den Fehler begangen, die Maschinen ganz abzustellen.

Ein dumpfer Knall wehte über das Meer und nur einen Augenblick später schoss eine zwanzig Meter hohe Wassersäule rechts von ihnen in die Höhe. Der Schuss lag daneben, aber er zeigte Mike auch, dass ihre Verfolger entschlossen waren, sie unter allen Umständen aufzuhalten; koste es, was es wolle.

Trautman fluchte erneut und versuchte noch mehr Geschwindigkeit aus dem Motor herauszuholen, aber die kleine Maschine war an den Grenzen ihrer Leistungsfähigkeit angelangt. Das Kanonenboot feuerte ein zweites Mal. Diesmal schlug die Granate beunruhigend nahe bei ihrem Boot ein, aber das war wohl

nur ein Zufall – der nächste Treffer lag wieder weit vor ihnen im Wasser. Und der vierte Schuss noch weiter.

Und dann hatte Mike das Gefühl, von einer eisigen Hand berührt zu werden. »Großer Gott!«, flüsterte er. »Sie feuern auf die NAUTILUS!«

Wie um seine Worte zu bestätigen, gab die Kanone des Schnellbootes einen weiteren Schuss ab. Die Explosion zerriss die Wasseroberfläche nur wenige Meter vom Heck der NAUTILUS entfernt. Das ganze Schiff schwankte.

Aber auch Singh hatte die Gefahr erkannt. Die NAUTILUS setzte sich in Bewegung. Die nächste Granate verfehlte sie wieder um weit mehr als hundert Meter, und dann stellten die Männer auf dem Schnellboot das Feuer ein; wahrscheinlich, weil sie begriffen hatten, dass ein gezielter Schuss bei ihrem Tempo nicht möglich war, und sie nicht genug Munition hatten, um auf einen Zufallstreffer hoffen zu können.

»Hält sie einen direkten Treffer aus?«, fragte Mike nervös.

»Ich hoffe«, antwortete Trautman. »Aber keine Angst – sie erwischen uns nicht.«

Die NAUTILUS war mittlerweile herumgeschwenkt und hatte mehr Fahrt aufgenommen. Sie war jetzt fast so schnell wie sie selbst und wurde immer noch schneller, und eine einzige, aber grässliche Sekunde lang musste sich Mike mit aller Macht gegen den Gedanken wehren, dass Singh und die anderen vielleicht in Panik geraten waren und sie hier zurückließen. Natürlich war das unvorstellbar. Singh würde sie niemals im Stich lassen, das wusste er. Er hatte irgendetwas vor – aber es vergingen endlose Sekunden, bis Mike begriff, was.

Die NAUTILUS lief nun genau vor ihnen her. Sie wurde jetzt wieder langsamer; nicht viel, aber doch genug, dass sich der Zwischenraum zwischen ihr und dem heranrasenden Boot allmählich wieder verringerte. Und endlich verstand er Singhs Plan – und es sträubten sich ihm schier die Haare.

Das Beiboot war normalerweise in einer eigens dafür geschaffenen Aussparung im Heck der NAUTILUS untergebracht, die nun direkt vor ihnen lag – allerdings auch genau zwischen den beiden gewaltigen Schrauben, die das Schiff antrieben. Offensichtlich wollte Singh, dass Trautman das Boot genau in diese Aussparung hineinsteuerte, sodass sie praktisch in voller Fahrt zur NAUTILUS überwechseln und unter Deck gehen konnten. Und da die NAUTILUS immer noch beinahe so schnell war wie ihr Verfolger, würden sie auf diese Weise keine wertvolle Zeit verlieren. Der Plan war gar nicht schlecht – leider aber auch lebensgefährlich. Ein einziger Fehler Trautmans und sie würden die Aussparung verfehlen und gegen die Heckflosse prallen oder von den Schrauben zerfetzt werden.

Nervös sah er zu ihrem Verfolger zurück. Der Abstand zwischen ihnen und dem Schnellboot war wieder gewachsen. Vielleicht befanden sie sich sogar schon außer Schussweite. Trotzdem sah Mike noch keinen Grund, aufzuatmen. Sie hatten nur eine einzige Chance.

»Schaffen Sie es?«, fragte er gepresst.

Trautman lächelte nervös. »Keine Angst«, sagte er – in einem Ton, der ganz dazu angetan war, das gegenteilige Gefühl in Mike auszulösen. »Aber haltet euch fest. Es könnte ein bisschen wackelig werden!«

Mike und Serena klammerten sich am Bootsrand fest, während sie auf die NAUTILUS zuschossen. Ihr Tempo kam ihm plötzlich gar nicht mehr so viel geringer als das des Unterseebootes vor – ganz im Gegenteil. Auf dem letzten Stück schien die NAUTILUS regelrecht auf sie zuzuspringen. Mike spannte instinktiv alle Muskeln im Leib an, während sie zwischen den beiden gewaltigen Schaumbergen, die die Schrauben aufwirbelten, hindurchjagten. Er konnte den rasenden, so tödlich schnell drehenden Stahl hinter dem sprudelnden Wasser erkennen und glaubte sogar den Luftzug zu spüren, den die rotierenden Schrauben verursachten, dann waren sie dazwischen hindurch – und das Boot glitt mit schier unglaublicher Präzision in den eisernen Hafen, der im Heck der NAUTILUS eingelassen war, und berührte fast sanft den Rumpf des Schiffes. Ein dumpfes Klacken erscholl, als die magnetischen Halterungen einrasteten.

»Schnell jetzt!«, schrie Trautman. »An Deck!«

Mike sprang als Erster aus dem Boot, fuhr herum und streckte Serena die Hand entgegen um ihr zu helfen. Sie ignorierte diese, war mit einer Bewegung an ihm vorbei und rannte mit gewaltigen Sätzen auf den Turm der NAUTILUS und die offen stehende Luke zu. Der hintere Einstieg war verschlossen, und ihnen würde keine Zeit bleiben, ihn zu öffnen.

»Lauf!«, schrie Trautman. »Wir haben kei – «

Der Rest des Satzes ging in einem ungeheuren Dröhnen und Krachen unter. Mike fühlte sich wie von einer unsichtbaren Hand gepackt und mit grausamer Wucht auf das metallene Deck der NAUTILUS geschleudert. Er spürte den Schmerz kaum, aber eine

Sekunde lang musste er mit aller Macht gegen die Bewusstlosigkeit kämpfen, die seine Gedanken umschlingen wollte. Rings um ihn herum schien die Welt in Stücke zu brechen. Das Dröhnen und Krachen wollte nicht aufhören, und Mike fühlte sich gleichzeitig von eisigem Wasser durchnässt und von einem heißen Luftzug getroffen. Funken stoben. Es roch nach verbranntem Metall.

Trautman riss ihn auf die Füße und zerrte ihn einfach mit sich, während er auf den Turm zuhetzte. Sie waren getroffen worden, das war klar, aber er hatte keine Ahnung, wie schwer. Während er die Leiter zum Einstieg hinaufkletterte, halb von Trautman gezogen, versuchte er zum Heck der NAUTILUS zurückzublicken. Eine schwarze Rauchwolke hatte die Heckflosse und das Beiboot eingehüllt. Mike konnte nicht erkennen, welchen Schaden der Treffer angerichtet hatte. Er hoffte nur, dass der Stahl der NAUTILUS tatsächlich so hart und unzerstörbar war, wie sie immer angenommen hatten.

Immer noch halb benommen, kletterte er in den Turm hinab und wartete auf Trautman, der hastig den Einstieg über sich verriegelte. »Singh!«, schrie er. »Tauchen! Kurs aufs offene Meer und tauchen! Sofort!«

Trautman hatte kaum die ersten Stufen der nach unten ins Schiff führenden Treppe hinter sich gebracht, da antwortete Singhs Stimme aus der Tiefe: »Es geht nicht! Irgendetwas ist beschädigt!«

Trautman erstarrte. Für einen Herzschlag machte sich Panik auf seinem Gesicht breit, dann fuhr er herum und trat an das fast mannshohe Steuerrad, das einen Großteil der Turmkammer

beanspruchte. Plötzlich wirkte er ganz ruhig. Auf einen Wink hin löste Mike den Hörer der Sprechanlage von der Wand, die die Turmkammer mit dem Salon zwei Stockwerke unter ihnen verband, und reichte ihn ihm, während er selbst bereits nach dem Ruder griff.

Singhs Stimme, die verzerrt aus dem kleinen Trichter drang, schien vor Panik fast überzukippen. »Irgendetwas stimmt nicht!«, schrie der Inder. »Alle Geräte sind in Ordnung, aber sie will einfach nicht tauchen. Der Treffer muss irgendetwas beschädigt haben!«

»Ganz ruhig«, antwortete Trautman. Er atmete hörbar ein, schloss für eine Sekunde die Augen und deutete Mike dann mit einer Kopfbewegung, an eines der beiden großen Bullaugen zu treten und die Umgebung im Auge zu behalten.

»Ich übernehme die Steuerung von hier aus«, sagte Trautman. »Keine Angst – sie kriegen uns nicht. Wir sind immer noch doppelt so schnell wie sie.«

»Ja«, sagte Mike, ehe Singh antworten konnte. »Aber dafür sind sie doppelt so viele wie wir.«

Trautman blinzelte, drehte den Kopf in seine Richtung – und wurde bleich, als sein Blick an Mike vorbei auf das Meer fiel.

Die NAUTILUS hatte ihren Kurs abermals geändert, sodass das Schnellboot nun nicht mehr direkt hinter ihnen lag und sie den Verfolger sehen konnten. Er war nicht mehr allein. Hinter dem Schnellboot war ein zweites, ungleich größeres Schiff aufgetaucht, das mit voller Kraft auf sie zulief. In leuchtenden, weißen Buchstaben war an seinem Bug der Name HMS GRISSOM aufgemalt.

»Wo zum Teufel sind die so schnell hergekommen?«, murmelte Mike fassungslos. »Das sieht ja fast so aus, als hätten sie auf uns gewartet.«

»Ja – oder auf jemand anderen«, sagte Trautman nachdenklich. Er blickte den englischen Zerstörer noch eine Sekunde lang an, dann gab er sich einen Ruck und wandte seine Aufmerksamkeit wieder dem offenen Meer vor der NAUTILUS zu. »Aber das nutzt ihnen auch nichts«, sagte er. »Stanley wird sich gleich verdammt wundern, wie schnell ein Schiff sein kann.« Er griff wieder nach dem Trichter der Sprechanlage. »Singh – ich brauche alle Kraft, die die Maschinen hergeben. Wir wollen unseren britischen Kollegen doch einmal zeigen, was das Wort *schnell* bedeutet.«

Mike fand Trautmans Optimismus etwas unangemessen, aber auf der anderen Seite wusste er auch, wozu dieses Schiff imstande war. Sie würden keine fünf Minuten brauchen, um der GRISSOM so weit davonzulaufen, dass sie die Verfolgung aufgab. Der Zerstörer war nicht annähernd so schnell wie das Kanonenboot, das sie gejagt hatte, und selbst dem waren sie entkommen.

»Behalte die GRISSOM im Auge«, sagte Trautman. »Sag mir, wenn sich irgendetwas tut.«

»Und was?«, fragte Mike.

»Das wirst du wissen, wenn es passiert«, antwortete Trautman. Er klang jetzt wieder nervös.

Aufmerksam beobachtete Mike den Zerstörer, der sichtbar hinter ihnen zurückzufallen begann, warf aber trotzdem ab und zu einen Blick nach vorne. Nach ein paar Sekunden bemerkte er

etwas, was ihn verwirrte: Trautman hatte den Kurs abermals geändert und steuerte das Schiff nun wieder parallel zur Küste, statt das offene Meer anzulaufen, wie Mike erwartet hatte.

Er sah wieder zur GRISSOM zurück – und im selben Augenblick begriff er voller Entsetzen, was Trautman gemeint hatte.

Der Zerstörer fiel immer schneller zurück, jetzt, wo die NAUTILUS mehr und mehr Fahrt aufnahm, aber abgesehen von seiner Größe und Schnelligkeit gab es noch einen Unterschied zwischen dem Zerstörer und dem Kanonenboot, das sie zuerst verfolgt hatte: Die GRISSOM verfügte über wesentlich mehr Geschütze und sie waren von größerem Kaliber und hatten eine sehr viel größere Reichweite. Mikes Herz schien einen Schlag zu überspringen, als er sah, wie sich zwei der Geschütztürme langsam in ihre Richtung drehten.

»Trautman!«, krächzte er.

»Ich weiß«, antwortete Trautman ohne aufzusehen. »Aber wir schaffen es, keine Angst.«

Vom Deck der GRISSOM stiegen zwei weiße Rauchwolken auf. Augenblicke später hörte Mike ein schrilles Heulen, das rasend schnell näher kam.

Einer der beiden Schüsse verfehlte die NAUTILUS um fast eine viertel Meile, aber die zweite Granate explodierte so nahe, dass das Schiff sich ächzend auf die Seite legte und eine gewaltige Woge den Turm überspülte. Mike hielt sich hastig am Türrahmen fest, während Trautman mit verbissener Kraft das Steuerruder umklammert hielt.

Schritte polterten die Treppe herauf. Ben stolperte mit angstverzerrtem Gesicht in den Turm und wäre beinahe gegen Traut-

man geprallt, hätte Mike ihn nicht im letzten Moment zurückgerissen.

»Was ist passiert?«, stammelte Ben. »Wieso – o Gott!« Seine Augen wurden groß, als er die GRISSOM erblickte. »Das ist das Ende!«

»Keine Angst«, sagte Trautman. »Wir müssen noch eine Salve überstehen, dann sind wir in Sicherheit. Wir schaffen es!« Er deutete mit einer Kopfbewegung zur Küste. Nicht weit vor ihnen erhob sich ein gewaltiger Felsen, der ein gutes Stück weit ins Meer hineinragte. Offenbar hatte er vor, die NAUTILUS nahe genug an diesen Felsen heranzusteuern, um ihn als Schutz zwischen sich und die GRISSOM zu bringen. Und der Plan konnte aufgehen, dachte Mike. Bis der Zerstörer den Felsen erreicht und umrundet hatte, waren sie außer Schussweite. Und wenn sie erst einmal auf offener See und in Sicherheit waren, konnten sie sich in aller Ruhe um die Schäden kümmern, die die NAUTILUS davongetragen hatte.

»Wenn wir nur wüssten, was kaputt ist!«, stöhnte Mike. Plötzlich erschrak er und fuhr zu Ben herum. »Haben wir ein Leck?«

»Nein«, antwortete Ben. »Das dämliche Ding taucht einfach nicht, das ist alles!«

»Wahrscheinlich ist nur das Tiefenruder verklemmt«, sagte Trautman. »Eine Kleinigkeit. Sobald wir in Sicherheit sind – *festhalten!*«

Das letzte Wort hatte er geschrien, aber es ging trotzdem fast im Dröhnen der Explosion unter, die das Meer nur wenige Meter vor der NAUTILUS auseinander riss. Mike und Ben wurden von den Füßen und gegeneinander geschleudert, als sich

die NAUTILUS wie ein waidwundes Tier aufbäumte und dann mit einem ungeheuren Krachen wieder ins Wasser zurückfiel.

Als Mike sich benommen aufrichtete, hatten sie den Felsen fast erreicht. Zwei oder drei Sekunden lang sah er nichts als eine mächtige graue Wand, die so nahe vor dem Fenster vorüberglitt, dass er auf das Scharren von Metall wartete und auf das schreckliche Geräusch berstender Rumpfplatten. Trautman ging ein ungeheures Risiko ein, das Schiff so nahe an dem Hindernis vorbeizusteuern – aber jede Sekunde, die sie gewannen, konnte buchstäblich über Leben und Tod entscheiden.

Und der furchtbare Schlag, auf den sie warteten, blieb aus. Plötzlich war der Felsen nicht mehr da, sondern wieder offenes Meer, und die NAUTILUS schien wie ein von der Kette gelassener Jagdhund loszuspringen und –

Der Anblick war so grotesk, dass Mike vollkommen fassungslos das riesige, grau gestrichene Kriegsschiff ansah, das nicht einmal eine halbe Meile vor ihnen lag.

»Großer Gott!«, flüsterte Trautman. Auch er schien vollkommen gelähmt zu sein. Für einen endlosen Augenblick stand er einfach da und starrte das Schiff an, dann begann er wie besessen am Ruder zu drehen und griff mit der anderen Hand nach dem Sprechgerät. *»Singh! Maschinen stopp! Volle Kraft zurück!«*

Und dann überschlugen sich die Ereignisse förmlich. Ben schrie. Trautman brüllte Singh ununterbrochen zu, kehrtzumachen, und die NAUTILUS bebte und schwankte wie ein kleines Segelboot im Sturm. Die Maschinen der NAUTILUS brüllten auf und versuchten die rasende Fahrt zu stoppen, aber das Schiff

schoss noch immer pfeilschnell auf den wartenden Kreuzer zu, der das Meer vor ihnen blockierte, und Mike war nun endgültig davon überzeugt, dass ihrer aller Tod bevorstand. Sie waren zu schnell. Und das Schiff war einfach zu *groß*, um es wie ein kleines Motorboot herumzuwerfen und dem Hindernis auszuweichen. Sie mussten unweigerlich gegen den Kreuzer prallen und daran zerschellen.

Aber irgendwie schaffte es Trautman. Weder Mike noch Ben – und wahrscheinlich nicht einmal Trautman selbst – hätten hinterher sagen können, wie es ihm gelungen war, aber der tödliche Zusammenstoß blieb aus. Die NAUTILUS wurde langsamer. Der Bug tauchte tief in die schäumende See ein und schwenkte dabei wieder herum und schließlich kam das Schiff zur Ruhe – keine zwanzig Meter vor dem Kreuzer entfernt und jetzt parallel zu ihm liegend, sodass der Bug mit dem Rammsporn wieder auf das offene Meer hinauswies.

Ihre Lage kam Mike wie eine böse Ironie des Schicksals vor. Die Freiheit lag in Fahrtrichtung vor ihnen, nur wenige hundert Meter und einige Minuten entfernt, aber ebenso gut hätten sie sich auch im Zentrum der britischen Kriegsflotte befinden können. Der Kreuzer hatte sämtliche Geschütze auf die NAUTILUS gerichtet und Mike war sicher, dass sie das Feuer eröffnen würden, wenn sich das Schiff auch nur rührte. Und aus dieser geringen Distanz *konnten* sie gar nicht danebenschießen.

»Moment mal«, sagte Ben plötzlich. »Das ... das gibt es doch nicht!«

»Was?«, fragte Mike.

Ben begann plötzlich mit beiden Händen zu gestikulieren.

»Bist du denn blind?«, rief er. »Siehst du das etwa nicht? Das ist ein *deutsches Schiff!*«

Mikes Augen weiteten sich ungläubig, während sein Blick über die Flanke des gewaltigen Schiffes glitt, das neben ihnen lag. Er starrte die Flagge mit dem weißen Balkenkreuz auf schwarzem Grund an, und dann die Uniformen der Matrosen, die hinter den Geschützen oder mit angelegten Gewehren an der Reling standen, und er wusste, dass Ben Recht hatte – aber er weigerte sich für einen Augenblick einfach noch, es zu glauben.

»Das ... das darf doch nicht wahr sein!«, jammerte Ben. »Vermutlich gibt es in der ganzen deutschen Flotte nur einen Kapitän, der wahnsinnig genug ist, direkt die englische Küste anzulaufen, und wir laufen ausgerechnet ihm in die Arme.« Plötzlich wurde er noch blasser, als er ohnehin schon war. Mit einer entsetzten Bewegung fuhr er zu Trautman herum.

»Fahren Sie los!«, keuchte er. »Mein Gott, Trautman, wissen Sie, was passiert, wenn die GRISSOM hier auftaucht?! Sie ... sie werden auf der Stelle übereinander herfallen und wir sind mitten zwischen ihnen! Wir werden in Stücke geschossen!«

Trautman sah ihn nur traurig an. Sein Gesicht war grau geworden und plötzlich sah er unendlich müde und alt aus. Er rührte sich nicht und er rührte auch das Ruder nicht an.

Es wäre auch zu spät gewesen.

Die HMS GRISSOM und das Schnellboot tauchten hinter dem Felsen auf. Mike hielt den Atem an.

Nichts geschah. Weder das deutsche Schiff noch die GRISSOM eröffnete das Feuer. Der Zerstörer kam langsam näher,

begleitet von dem kleinen Kanonenboot, das sich nun wieder aus seinem Windschatten löste und direkt auf die NAUTILUS zufuhr. Sämtliche Geschütze der GRISSOM waren auf die NAUTILUS gerichtet.

Auf die NAUTILUS – nicht etwa auf das deutsche Schiff. Und auch dessen Kanonen blieben weiter auf sie gerichtet, statt auf den Erzfeind einzuschwenken, wie Ben und Mike eigentlich erwartet hatten. Nicht einmal die Soldaten, die hinter der Reling des Kreuzers standen, bewegten sich.

»He!«, murmelte Mike. »Da ... da stimmt doch was nicht!«

Trautman schwieg noch immer. Aber auf seinem Gesicht war ein ungläubiger Ausdruck erschienen. Wortlos sahen sie zu, wie sich das Schnellboot näherte, die NAUTILUS einmal umkreiste und dann ganz in der Nähe des Turmes zur Ruhe kam. In seinem Bug erschien eine hoch gewachsene, in eine dunkelblaue Marineuniform gekleidete Gestalt, die ein Megafon in den Händen hielt.

»Ahoi, Kapitän Trautman – oder wie immer Sie heißen mögen!«, rief er. »Gestatten Sie, dass ich an Bord komme?«

Während die Besatzung des Schnellbootes eine Planke herbeischaffte, über die Stanley trockenen Fußes auf das tiefer gelegene Deck der NAUTILUS gelangen konnte, öffnete Trautman die Turmluke und kletterte als Erster ins Freie – sehr langsam und mit erhobenen Händen, was Mike im allerersten Moment ein wenig dramatisch vorkam. Aber als er ihm nach einigen Augenblicken folgte und einen Blick zur Reling des Zerstörers emporwarf, da empfand er Trautmans Vorsicht als

gar nicht mehr so übertrieben. Zum ersten Mal sah er, wie viele Gewehre auf die NAUTILUS gerichtet waren – er zählte sie nicht, aber es mussten weit über hundert sein. Und obwohl die Soldaten mit sprichwörtlich preußischer Disziplin dastanden und sich nicht rührten, konnte er ihre Nervosität regelrecht fühlen. Die Situation hatte etwas von der Lage eines Mannes an sich, der mit beiden Füßen in einer Schüssel voller Benzin steht und eine brennende Zigarette in der Hand hält. Ein winziger Fehler, vielleicht nur eine unbedachte Bewegung, und ihnen würde keine Zeit mehr bleiben, sie zu bereuen.

Nach und nach kamen auch die anderen an Deck – Ben, Juan, Chris, Singh und schließlich als letzte Serena, dicht gefolgt von Astaroth und Isis, der kleinen schwarzweißen Katze, die sie von ihrem Abenteuer auf dem Meeresgrund mitgebracht hatten. Niemand sprach. Selbst Astaroth, der normalerweise keine Gelegenheit ausließ, eine gehässige Bemerkung anzubringen, schwieg jetzt. Alle blickten Stanley mit steinernem Gesicht entgegen.

Die Soldaten hatten den provisorischen Laufsteg mittlerweile befestigt. Ein halbes Dutzend mit Gewehren bewaffneter Männer war auf das Deck der NAUTILUS heruntergekommen und hatte im Halbkreis rings um sie herum Aufstellung genommen, aber Stanley selbst zögerte sonderbarerweise noch, das Schnellboot zu verlassen. Sein Blick irrte immer wieder zwischen der NAUTILUS und dem deutschen Kreuzer hin und her, als warte er auf etwas oder jemanden.

Und er musste auch nicht mehr lange warten. Nach kaum einer Minute durchdrang das Geräusch eines Motors die fast

unheimliche Stille, die sich über dem Tauchboot ausgebreitet hatte, und dann kurvte eine kleine Barkasse um den Kreuzer herum und hielt unmittelbar neben Stanleys Schnellboot an. Mike beobachtete mit wachsender Verblüffung, wie ein halbes Dutzend deutscher Soldaten auf das Kanonenboot übersetzte und sich von dort aus zu ihren englischen Kollegen gesellte. Als Letzter setzte ein hoch gewachsener, bärtiger Mann in der Uniform eines Kapitäns zu Stanley über. Die beiden tauschten einige knappe Worte und betraten dann gemeinsam die NAUTILUS.

»Was um alles in der Welt bedeutet das?«, murmelte Ben fassungslos. »Was hat er mit diesem Deutschen zu tun?«

Trautman gebot ihm mit einer raschen Geste, zu schweigen. Er blickte den beiden Offizieren gebannt entgegen. Sie kamen nebeneinander näher, fast im Gleichschritt, und obwohl sie sich so unähnlich waren, wie es nur ging – Stanley eine schlanke, drahtige Erscheinung mit dem typischen Aussehen und Gehaben eines britischen Gentleman, der Deutsche ein wahrer Koloss, gut einen Kopf größer als Stanley und mit einem Gesicht, auf dem ein Lachen einfach unvorstellbar erschien, strahlten sie doch beide dieselbe Art von Autorität und Kompetenz aus. Nur etwas, auf das Mike wartete, fehlte: Zwischen den Männern war nicht die mindeste Feindschaft. Mike wiederholte in Gedanken die Frage, die Ben gerade gestellt hatte: *Was um alles in der Welt ging hier vor?*

Stanley und sein riesenhafter Begleiter kamen heran und blieben in zwei Schritten Abstand stehen. Stanley salutierte spöttisch, während der Deutsche Mike und die anderen nur auf-

merksam und aus misstrauisch funkelnden Augen ansah. »Kapitän Trautman«, begann Stanley, nachdem Trautman seinen Gruß mit einem angedeuteten Kopfnicken erwidert hatte. »Ich sagte doch, dass ich darauf bestehe, Sie und Ihre Enkelkinder zum Dinner auf mein Schiff mitzunehmen. Wussten Sie nicht, dass man die Einladung eines britischen Offiziers nicht ausschlägt?«

»Ihr Humor ist unangebracht«, sagte Trautman. Er deutete auf die Soldaten, die mit angelegten Gewehren einen Halbkreis um sie bildeten, und dann auf den Deutschen. »Was geht hier vor? Haben wir etwas verpasst? Ist der Krieg beendet?«

»Zumindest für Sie – ja«, antwortete Stanley, noch immer in freundlichem Ton, aber jetzt nicht mehr lächelnd. »Aber bitte verzeihen Sie meine Unhöflichkeit. Darf ich vorstellen: Kapitänleutnant Brockmann, kommandierender Offizier des kaiserlichen Zerstörers HALLSTADT. Die GRISSOM kennen Sie ja bereits. Wo ist der Rest Ihrer Besatzung, wenn ich fragen darf?«

»Wir sind vollzählig versammelt«, antwortete Trautman.

»Sie lügen«, behauptete Brockmann. »Das sind doch nur ein paar Kinder.«

Trautman zuckte gleichmütig mit den Schultern. »Wenn Sie sich selbst davon überzeugen wollen, bitte schön«, sagte er. »Die NAUTILUS steht Ihnen zur Verfügung. Ich glaube ohnehin nicht, dass ich Sie daran hindern kann, sie zu durchsuchen.«

»Das ist richtig«, erklärte Stanley lächelnd. Er machte eine knappe Handbewegung. Zwei seiner Männer und auch zwei der deutschen Soldaten hängten sich ihre Gewehre über die Schultern und kletterten hintereinander zur Turmluke hinauf, um im Inneren des Schiffes zu verschwinden.

»Was geht hier überhaupt vor?«, fragte Trautman. »Was soll das alles bedeuten? Wieso schießen Sie auf uns? Ich verlange eine Erklärung!«

Stanley lachte erneut. »Sie haben Ihren Humor immer noch nicht verloren«, stellte er fest. »Das ist gut. Natürlich werde ich Ihnen Rede und Antwort stehen, aber zuerst lassen Sie mich ein paar Fragen stellen, einverstanden?«

»Zuallererst möchte ich wissen, was dieser Deutsche hier zu suchen hat!«, sagte Ben. Er deutete herausfordernd auf Brockmann, der mit unbewegtem Gesicht dastand. »Wir sind hier in britischen Gewässern. Was sucht ein deutsches Schiff hier? Noch dazu ein *Kriegsschiff?«*

»Immer mit der Ruhe, mein Junge«, sagte Stanley. »Ich kann dir versichern, dass Kapitänleutnant Brockmann mit vollem Wissen und Billigung des Königs und der britischen Regierung hier ist. Du bist Brite?«

»Ja«, antwortete Ben. »Aber ich bin seit ein paar Minuten nicht mehr sicher, ob ich wirklich stolz darauf sein soll.«

Stanley nahm auch das mit einem Lächeln hin. Er musterte aufmerksam die Gesichter der anderen. Schließlich blieb sein Blick an Singh hängen. »Inder, nehme ich an.«

Singh antwortete nicht, aber das hatte Stanley wohl auch nicht wirklich erwartet, denn er setzte seine Musterung fort und wandte sich an Juan. »Wie ist dein Name, mein Junge?«

»Juan«, antwortete Juan. »Juan de Perodesta.«

»Spanier also.« Stanley nickte und maß Trautman mit einem nachdenklichen Blick. »Trautman ...«, sagte er gedehnt. »Das klingt, als wären Sie ein Landsmann von Mister Brockmann. Da

haben wir ja eine richtige multinationale Mannschaft, wie? Und da sage noch einmal jemand, dass verschiedene Völker nicht friedlich zusammenarbeiten können.«

Als Nächstes kam Serena an die Reihe. »Und du, meine Kleine?« Er hob rasch die Hand. »Lass mich raten – das blonde Haar, ein sehr hübsches Gesicht ... Schweden? Norwegen?«

»Ich komme aus Atlantis«, antwortete Serena. »Falls Sie wissen, wo das liegt.«

Stanley blinzelte, starrte Serena eine Sekunde lang verblüfft an und lachte schließlich wieder. »In der Tat«, sagte er, »eine wirklich erstaunliche Mannschaft haben Sie da, Mister Trautman. Aber irgendwie passt sie auch zu Ihrem Schiff. Sie haben diesen Koloss tatsächlich nur mit einer Besatzung aus einer Hand voll Kinder gesteuert?«

»Was für eine Art von Schiff ist das überhaupt?«, fragte Brockmann. »Ich habe so eine Konstruktion noch nie gesehen.«

»Das glaube ich Ihnen gerne«, sagte Serena. Mike versuchte sie mit einem fast verzweifelten Blick zum Schweigen zu bringen, aber sie bemerkte es nicht. »Es stammt aus meiner Heimat.«

»Ah ja, aus Atlantis, ich verstehe«, sagte Stanley lächelnd. »Was für eine dumme Frage – deswegen ist es auch ein Unterseeboot, nicht wahr? Verraten Sie mir, unter welcher Flagge Sie fahren, Mister Trautman, und wie Ihr Schiff heißt?«

»Unter keiner Flagge«, sagte Trautman. »Und das Schiff heißt NAUTILUS.«

»NAUTILUS, originell«, sagte Stanley. Er lächelte erneut, aber nur für ungefähr eine halbe Sekunde, dann gefror das Lächeln

regelrecht auf seinem Gesicht. Mit einem Ausdruck vollkommener Fassungslosigkeit starrte er erst Trautman an, dann fuhr er herum und sah sich wild um, so, als erwarte er im nächsten Moment etwas Ungeheuerliches zu erblicken. »Etwa *die* NAUTILUS?«, fragte er.

»Sie haben es erraten«, antwortete Trautman. Er seufzte leise, als er Mikes entsetzten Blick bemerkte. »Er hätte es sowieso herausgefunden«, sagte er. »Tut mir Leid, aber es ist aus.«

»Die NAUTILUS?« Stanley schien immer noch nicht fassen zu können, was er sah und hörte. »Kapitän Nemos Schiff! Unglaublich! Dann ... dann existiert es wirklich. Es ist nicht nur eine Legende!« Kopfschüttelnd wandte er sich an Brockmann, der die ganze Zeit schweigend und mit vollkommen unbewegter Miene zugehört hatte. Dabei hatte der eine Satz, den er in akzentfreiem Englisch gesprochen hatte, bewiesen, dass er Stanleys Sprache ausgezeichnet beherrschte und jedes Wort verstanden haben musste. Die Selbstbeherrschung, die dieser Mann an den Tag legte, war Mike beinahe unheimlich.

»Jetzt wird mir einiges klar«, sagte Stanley kopfschüttelnd. »Kein Wunder, dass wir Sie so lange vergeblich gesucht haben. Wenn auch nur die Hälfte von dem stimmt, was man sich über dieses Schiff erzählt, dann muss es zu wahren Wunderdingen fähig sein.« Mit einem plötzlichen Ruck drehte er sich wieder zu Trautman herum. Seine Augen wurden schmal. »Sie haben mir nicht etwa einen falschen Namen genannt, Mister Trautman? Oder sollte ich Sie besser *Kapitän Nemo* nennen?«

Trautman lächelte. »Nein. Ich bin nicht Nemo. Er ist schon lange tot. Und jetzt wäre ich Ihnen wirklich dankbar, wenn Sie

mir endlich erklären würden, was das alles hier zu bedeuten hat! Wieso schießen Sie auf uns? Was soll diese Hetzjagd? Wir haben Ihnen nichts getan. Das Einzige, was wir uns haben zuschulden kommen lassen, war, Ihren Seemann zu retten. Ist das neuerdings ein Verbrechen?«

»Nein«, antwortete Stanley. Sein Lächeln erlosch wie abgeschaltet. Seine Stimme wurde hart. »Ich werde diesen Umstand selbstverständlich erwähnen. Vielleicht wird er Ihnen ja vor Gericht angerechnet.«

»Vor Gericht? Was soll das heißen?«, fragte Mike.

»Das soll heißen, dass ihr alle zusammen Glück habt, dass wir nicht mehr zu Kapitän Nemos Zeiten leben«, sagte Brockmann an Stanleys Stelle. »Damals hätte man euch kaum den Prozess gemacht, sondern euch kurzerhand erschossen.«

»Den Prozess?! Aber was sollen wir denn getan haben?«

»Wie wäre es mit Mord?«, schlug Stanley vor. »Piraterie? Brandstiftung? Diebstahl ... wahrscheinlich habe ich noch das eine oder andere vergessen, aber ich denke, für den Moment sollte das genügen.«

»Wie bitte?«, ächzte Ben. »Sind Sie verrückt? Wen sollen wir ermordet haben?«

»Es reicht, mein Junge«, sagte Stanley, der nun überhaupt nicht mehr freundlich klang, nicht einmal mehr geduldig. »Ich habe das Gefühl, du hältst das Ganze hier immer noch für ein großes Abenteuer, wie? Aber es ist kein Spiel. Das ist es niemals gewesen.« Er straffte sich und drehte sich zu Trautman herum. Seine Stimme wurde sachlich.

»Kapitän Trautman, ich verhafte Sie und Ihre Besatzung im

Namen Seiner Majestät und des deutschen Kaisers wegen fortgesetzter Piraterie, Mord und Brandschatzung in mindestens siebenunddreißig Fällen. Ihr Schiff ist beschlagnahmt. Ich hoffe, Sie leisten keinen Widerstand.«

Angesichts des knappen Dutzends Gewehre, das noch immer auf sie gerichtet war, empfand Mike den letzten Satz als lächerlich. Aber Stanley schien ihn vollkommen ernst zu meinen und auch Trautman sah nicht so drein, als amüsiere er sich.

»Das alles ist ein gewaltiger Irrtum, Kapitän Stanley«, sagte er. »Bitte hören Sie mir fünf Minuten zu.«

»Man wird Ihnen weitaus länger zuhören, Mister Trautman«, sagte Stanley. »Aber nicht hier und nicht jetzt. Sie werden ausreichend Gelegenheit haben, sich zu rechtfertigen.«

»Sie begehen einen furchtbaren Fehler, Stanley«, sagte Trautman.

»Nein«, sagte Brockmann. »*Sie* haben einen Fehler gemacht, Trautman. Haben Sie wirklich geglaubt, dass wir weiter tatenlos zusehen, wie Sie unsere Schiffe versenken und unsere Hafenstädte in Brand schießen? Oder waren Sie tatsächlich so naiv zu glauben, dass Sie die Kriegswirren ausnutzen können, um sich als Pirat zu betätigen?«

»Wir haben nichts von alledem getan«, antwortete Trautman. »Aber wir wissen, wer es war. Wir sind aus demselben Grund hier wie Sie, Herr Kapitänleutnant. Und ich glaube, wir sind dem Mann, den Sie jagen, ganz dicht auf den Fersen. Aber wenn Sie uns jetzt verhaften und die Suche abbrechen, dann entkommt er. Und die Verantwortung für das nächste Schiff, das er ver-

senkt, oder die nächste Stadt, die er in Brand schießt, tragen Sie dann.«

Brockmann war keinerlei Reaktion anzumerken, aber Stanley sah tatsächlich ein wenig verunsichert drein. Er sagte nichts, blickte Trautman aber plötzlich sehr nachdenklich an.

»Ich flehe Sie an!«, sagte Trautman. »Ich verlange nicht, dass Sie uns laufen lassen, aber setzen Sie wenigstens die Suche fort. Wir können Ihnen dabei helfen.«

»Darauf wette ich«, sagte Stanley spöttisch, aber Trautman blieb ernst. Seine Stimme wurde fast beschwörend.

»Die NAUTILUS hat eine viel größere Chance, die LEOPOLD zu finden, als Ihre Schiffe!«, sagte er. »Schicken Sie eine Besatzung an Bord. Zwanzig, dreißig – so viele Ihrer Soldaten, wie Sie wollen! Was können wir schon tun? Ein alter Mann und eine Hand voll Kinder!«

Tatsächlich schien Stanley einen Moment ernsthaft über diesen Vorschlag nachzudenken. Aber bevor er antworten konnte, fragte Brockmann: »Von welchem Schiff haben Sie gerade gesprochen? Die LEOPOLD?«

»Ich sehe, der Name sagt Ihnen etwas«, erwiderte Trautman. »Ja. Es war Kapitän Winterfeld, der dies alles getan hat. Nicht wir. Ich kann es beweisen.«

Brockmann schwieg, aber Stanley wirkte plötzlich noch nachdenklicher, als er sich an seinen deutschen Offizierskollegen wandte. »Verzeihen Sie mir meine Neugier, Herr Kapitänleutnant – aber könnte es sein, dass es da etwas gibt, was ich wissen sollte?«

»Nein«, antwortete Brockmann. Er war vielleicht ein tadelloser

Offizier, dachte Mike, aber kein besonders überzeugender Lügner. Trotzdem fuhr er fort: »Ein Bluff, mehr nicht. Es gab da einen ... Zwischenfall, vor einem Jahr, das ist richtig. Aber ein deutscher Offizier würde so etwas nie tun. Dafür lege ich meine Hand ins Feuer.«

»Eine Hand wird kaum reichen«, sagte Ben. »Wir haben gesehen, wozu Winterfeld in der Lage ist.« Er deutete rasch hintereinander auf die GRISSOM und die HALLSTADT. »Die LEOPOLD ist ein Schlachtschiff, Herr Brockmann. Können Sie sich vorstellen, was sie mit Ihren beiden Schiffen macht, wenn Sie wirklich das Pech haben, sie zu finden?«

Brockmann schwieg. Sein Gesicht blieb unbewegt, aber die Jungen konnten regelrecht sehen, wie es hinter seiner Stirn arbeitete. Aber schließlich schüttelte er wieder den Kopf. »Nein«, sagte er. »Das ist absurd.«

»Immerhin«, schlug Stanley vor, »könnten wir die Suche noch eine Weile fortsetzen. Wir bringen sie auf Ihr Schiff und lassen eine Mannschaft auf der NAUTILUS zurück. Die GRISSOM könnte dem ursprünglichen Plan folgen und sich vor der Hafeneinfahrt auf die Lauer legen. Was haben wir schon zu verlieren?«

»Meine Befehle lauten anders«, sagte Brockmann stur.

Ben lachte ganz leise. »Passt auf«, sagte er, »jetzt fangen sie gleich doch an, sich gegenseitig die Köpfe einzuschlagen. Ich wette, die beiden überlegen schon angestrengt, wie sie sich die NAUTILUS jeweils allein unter den Nagel reißen können.«

Er hatte laut genug gesprochen, damit Brockmann und Stanley seine Worte verstehen konnten. Brockmann musterte ihn nur kühl, während Stanley zu Mikes Überraschung plötzlich nickte.

»Das könnte in der Tat ein Problem werden«, sagte er. »Aber ich denke, wir finden auch dafür eine Lösung. Sobald wir die NAUTILUS in einen Hafen geschleppt und Sie alle den Behörden übergeben haben, heißt das.«

Er machte eine unwillige, befehlende Geste. »Abführen!«

Sie wurden an Bord des deutschen Kreuzers gebracht, und obwohl man sie mit ausgemachter Höflichkeit behandelte, wurden sie gründlich nach Waffen durchsucht und einzeln eingesperrt, jeder für sich in eine winzige, vollkommen leere Kabine, in der es nicht einmal einen Stuhl gab, sondern nur ein Bett und einen am Boden verschraubten Tisch. Die Tür hatte innen keine Klinke und das runde Fenster war sorgsam mit einer Sperrholzplatte verschlossen. Das Licht kam aus einer nackten Glühbirne, die unter einem ziemlich stabil aussehenden Drahtgitter unter der Decke angebracht war. Im Vorbeigehen hatte Mike bemerkt, dass die Unterkünfte der anderen auch nicht anders aussahen. Offensichtlich war das Schiff dafür vorbereitet gewesen, Gefangene aufzunehmen.

Leider hatten sie nur die Falschen erwischt.

Mike hätte vor Enttäuschung und Wut heulen können. Er machte sich nicht einmal besonders große Sorgen wegen der Anschuldigungen, die Stanley vorgebracht hatte. Sie waren einfach lächerlich – wenn man ihnen nur die Gelegenheit dazu gab, würden sie beweisen können, dass sie nichts mit den Überfällen auf Schiffe und Häfen zu tun hatten. Spätestens wenn die LEOPOLD das nächste Mal zuschlug, würde selbst Brockmann eingestehen müssen, dass sie das falsche Wild erlegt hatten.

Aber das bedeutete auch, dass Winterfeld weiter ungestört sein Unwesen treiben und weitere Verbrechen begehen konnte. Und dass weitere Menschen sterben würden.

Aber das war längst nicht alles. Mike hatte den Gedanken zwar bisher erfolgreich verdrängt, doch nun, als er allein mit sich und seinen düsteren Grübeleien war und missmutig auf der harten Pritsche hockte, kam er wieder und diesmal gelang es ihm nicht mehr, die Augen davor zu verschließen:

Sie würden die NAUTILUS verlieren.

Selbst wenn sie ihre Unschuld beweisen konnten und alle Anschuldigungen fallen gelassen wurden, würde man ihnen das Schiff wegnehmen. Sie hatten sich länger als ein Jahr erfolgreich vor dem Rest der Welt versteckt, weil sie alle ganz genau gewusst hatten, was geschehen würde, sollte die Existenz der NAUTILUS jemals bekannt werden. Sie würden ihnen das Schiff wegnehmen, und als Mike an diesem Punkt seiner Überlegungen angelangt war, da war er plötzlich auch gar nicht mehr so sicher, dass man sie *wirklich* laufen lassen würde. Dieses Schiff stellte einen unvorstellbaren Schatz dar. Allein das Wissen um seine Existenz brachte sie alle in Lebensgefahr. Mike glaubte zwar nicht daran, dass man sie tatsächlich *umbringen* würde, aber zwischen *umbringen* und *freilassen* lagen viele andere unerfreuliche Möglichkeiten. Eine davon war zum Beispiel, dass sie alle den Rest ihres Lebens an einem ungemütlichen Ort verbringen mochten – einem Ort, der diesem hier ähnelte, mit Türen ohne Klinken und Fenstern, die sich nicht öffnen ließen ...

Nachdem er zehn Minuten lang gegrübelt hatte, war er überzeugt davon, dass es so kommen musste. Nach weiteren

zehn Minuten war er wild entschlossen zu fliehen. Und nachdem abermals zehn Minuten verstrichen waren, gab er diesen Plan zumindest für den Moment wieder auf. Er hatte seine Kabine Zentimeter für Zentimeter durchsucht und das Ergebnis dieser Untersuchung war so einfach wie deprimierend: Es gab keinen Fluchtweg. Das Brett vor dem Fenster war mit einem Dutzend Schrauben befestigt, an denen er sich die Hälfte seiner Fingernägel abgebrochen hatte, ohne auch nur eine davon lockern zu können, und die Tür bestand ebenso wie Wände, Decke und Fußboden aus massivem Stahl, der selbst einem Kanonenschuss standgehalten hätte. Er hatte auch versucht, mit Astaroth Kontakt aufzunehmen, aber keine Antwort erhalten. Der Kater war auf der NAUTILUS zurückgeblieben und vermutlich waren sie zu weit von ihr entfernt, um ihn telepathisch zu erreichen.

Mike war der Verzweiflung nahe. Es war nicht das erste Mal, dass er sich in einer scheinbar ausweglosen Lage befand, aber er hatte das ungute Gefühl, dass sie diesmal nicht nur *scheinbar* ausweglos war – selbst wenn es ihm gelungen wäre, seine Kabine irgendwie zu verlassen, so gab es draußen vor der Tür einen Posten, und außerdem wimmelte das Schiff nur so von Soldaten.

Ein nagender Zorn auf Winterfeld machte sich in ihm breit. Dieser Mann schien so etwas wie ein Fluch zu sein, der sein ganzes Leben überschattete. Alles hatte mit ihm angefangen, und nun schien es auch zumindest *durch* ihn zu enden. Mike zweifelte im Grunde nicht daran, dass irgendjemand früher oder später die LEOPOLD aufbringen und Winterfelds Treiben ein

Ende setzen würde, aber für sie war es auf jeden Fall zu spät. Wenn auch auf gänzlich andere Weise, als er vorgehabt hatte, so hatte Winterfeld am Ende sein Ziel doch erreicht: ihnen die NAUTILUS wegzunehmen.

Auf diese Art verging eine Stunde, dann eine zweite. Mike schrak irgendwann kurz aus seinen Gedanken hoch und stellte fest, dass sich der Boden unter ihm zu bewegen begonnen hatte. Das Schiff hatte Fahrt aufgenommen und nun würde es nicht mehr lange dauern, bis sie irgendeinen englischen Hafen erreichten.

Doch es sollte anders kommen.

Mike konnte nicht sagen, wie lange er so dasaß und sich seine Zukunft in den schwärzesten Farben ausmalte, aber plötzlich begann sich etwas im gleichmäßigen Schaukeln des Schiffes zu verändern und zugleich klang das Geräusch der Maschinen anders. Mike fuhr erschrocken hoch, als plötzlich ein schrilles, nervtötendes Geräusch durch seine Kabine gellte. Das Heulen der Alarmsirene. Irgendetwas Unvorhergesehenes war passiert.

Mike sprang auf, rannte zur Tür und begann mit den Fäusten gegen den Stahl zu hämmern. Aber der Lärm ging im Heulen der Sirene unter, und selbst wenn man ihn gehört hätte, hätte vermutlich niemand darauf reagiert. Irgendetwas Schreckliches ging dort draußen vor, das wusste er.

Die Sirene hörte nach einer Minute auf zu gellen, aber dafür hörte er jetzt andere, kaum weniger beunruhigende Geräusche, die gedämpft durch den zentimeterdicken Stahl der Wände drangen: Schreie, das immer lauter werdende Dröhnen der

Schiffsmotoren, die hastigen Schritte schwerer Stiefel und Befehle, die gerufen wurden – und dann etwas, was ihn wie unter einem elektrischen Schlag zusammenfahren ließ: ein dumpfes, dreifaches Krachen, dessen Echo das ganze Schiff zum Vibrieren brachte. Es war noch nicht lange her, da hatte er dieses Geräusch schon einmal gehört, wenn auch aus größerer Entfernung.

Die Geschütze der HALLSTADT hatten das Feuer eröffnet.

Mikes Gedanken begannen sich zu überschlagen. Das Schiff feuerte. Aber worauf? Weshalb? Hatte Ben am Ende Recht behalten und die beiden Kriegsschiffe lieferten sich nun einen verbissenen Kampf um die NAUTILUS?

Die HALLSTADT erbebte wie unter einem Hammerschlag, allerdings eines Hammers, der nicht viel kleiner als das Schiff selbst sein konnte und von Poseidon selbst geführt wurde. Ein trommelfellzerreißendes Kreischen und Dröhnen marterte Mikes Ohren und ließ ihn mit einem Schrei zurücktaumeln. Eine Sekunde später wurde er von den Füßen gefegt und prallte so heftig gegen die Rückwand der Kabine, dass er buchstäblich Sterne sah, aber erst, als das Schiff zum dritten Mal wie eine gigantische Glocke zu dröhnen begann und er das Kreischen von zerreißendem Metall hörte, begriff er wirklich, was geschah.

Sie waren getroffen worden. Die GRISSOM hatte das Feuer erwidert, und ihre Geschützmannschaften schienen zu halten, was man sich über britische Kanoniere erzählte. Das Schiff zitterte und bebte, legte sich so weit auf die Seite, dass Mike erneut zu Boden geworfen wurde. Auch die Geschütze der

HALLSTADT feuerten jetzt wieder, aber Mike zählte nur zwei Schüsse, dann wurden sie abermals getroffen.

Und diesmal musste es wohl eine volle Breitseite der GRISSOM sein, die in Rumpf und Deck des deutschen Kreuzers einschlug.

Die nächsten Minuten wurden zu einem Albtraum, der einfach kein Ende nehmen wollte. Treffer auf Treffer schüttelte die HALLSTADT. Das Kreischen von zerberstendem Metall, der Lärm der Explosionen, die Schreie und die furchtbaren Stöße, die den Boden unter ihm wie ein bockendes Pferd hin und her springen ließen, vereinigten sich zu einem schier unvorstellbaren Chaos. Mike lag gekrümmt in einer Ecke seiner Kabine und hatte beide Hände gegen die Ohren gepresst, aber es nutzte nichts. Er schien den Lärm weniger zu hören, als vielmehr mit dem ganzen Körper wahrzunehmen. Die Luft war plötzlich stickig und heiß, er hörte das Prasseln von Flammen und spürte den stechenden Geruch von glühendem Metall. Er hatte Angst wie nie zuvor in seinem Leben.

Und dann, ganz plötzlich, hörte es auf. Die letzte Explosion verklang, und eine fast unheimliche, atemlose Stille breitete sich über dem Schiff aus.

Trotzdem blieb Mike noch eine volle Minute reglos am Boden liegen, ehe er es schließlich wagte, sich ganz langsam aufzurichten. In seinen Ohren dröhnte es und der Brandgeruch war so intensiv geworden, dass er den Hustenreiz kaum mehr unterdrücken konnte. Mindestens eine der Granaten musste in unmittelbarer Nähe eingeschlagen sein. Das Schiff brannte, das war klar. Und es hatte eine deutliche Schlagseite. Vielleicht,

dachte Mike, sinkt es bereits und er würde hier drinnen jämmerlich ertrinken, eingesperrt in ein Gefängnis, das unversehens zur Todeszelle geworden war.

Zögernd trat er an die Tür und rüttelte ein paar Mal daran. Sie rührte sich nicht. Die HALLSTADT war wahrscheinlich kaum noch mehr als ein brennendes Wrack, aber er war immer noch gefangen.

Zumindest konnte er jetzt wieder etwas hören. Das Rauschen und Klingen in seinen Ohren verebbte ganz allmählich und er begriff jetzt, dass es niemals still gewesen war. Im Gegenteil: Durch die Tür drangen Schreie und andere schreckliche Geräusche zu ihm und dazwischen hörte er immer wieder Schüsse, auch ein paar Mal das Hämmern eines Maschinengewehrs, was bewies, dass der Kampf noch lange nicht vorbei war.

Mike fragte sich, was mit den anderen geschehen war. Sie waren alle auf demselben Korridor untergebracht worden. Der Gedanke, dass einer seiner Freunde vielleicht nicht mehr lebte, machte ihn ganz krank.

Was für ein Wahnsinn!, dachte er. Und das alles nur wegen eines *Schiffes!* Es spielte überhaupt keine Rolle, wer zuerst geschossen hatte – ob nun die Deutschen auf die Engländer oder umgekehrt, aus den Männern, die etwas so Großartiges vollbracht hatten, ihre Feindschaft zu überwinden und vereint gegen einen gemeinsamen Gegner vorzugehen, waren binnen einer einzigen Sekunde wieder Todfeinde geworden, die einander gnadenlos umbrachten, nur um in den Besitz der NAUTILUS zu gelangen. Es war dieser Moment, in dem Mike zum aller-

ersten Mal *wirklich* begriff, warum Trautman vorgehabt hatte, die NAUTILUS zu zerstören. Hätte er es doch nur getan!

Nach einer Weile hörte das Schießen auf und auch die Schreie verklangen allmählich. Und schließlich näherten sich Schritte der Tür.

Mike wich automatisch bis an die gegenüberliegende Wand zurück, als er hörte, wie der Riegel draußen zurückgeschoben wurde. Eine Woge stickiger, heißer Luft und flackernder Feuerschein fielen in die Kabine, sodass er die beiden Männer, die zu ihm hereinkamen, im ersten Moment nur als schattenhafte Umrisse erkennen konnte. Dann packte ihn einer der beiden grob am Arm und stieß ihn derb vor sich her auf den Gang hinaus.

Das Erste, was Mike bewusst wahrnahm, nachdem er die Kabine verlassen hatte, war Serena. Sie war zwar bleich vor Schreck und ihr Gesicht war voller Ruß, aber sie war unverletzt. Mike wollte erleichtert auf sie zutreten, aber der Mann, der ihn aus der Kabine gezerrt hatte, hielt ihn mit einer ärgerlichen Bewegung zurück, sodass Mike es bei einem Lächeln in Serenas Richtung beließ, ehe er sich herumdrehte und in die entgegengesetzte Richtung sah.

Der Korridor bot einen Furcht erregenden Anblick. Irgendetwas brannte und verbreitete flackernde rötliche Helligkeit und eine erstickende Hitze. In der Decke gähnte ein fast metergroßes Loch, aus dem eine zähe Flüssigkeit tropfte, die auf dem glühenden Boden darunter zu Dampf verzischte, und hinter dem wallenden Rauch konnte Mike die reglosen Gestalten von zwei Soldaten erkennen, die am Boden lagen. Sämtliche Türen

standen offen. Er entdeckte Singh, Chris, Ben, Juan und schließlich Trautman, der von einem Mann grob aus seiner Gefängniszelle gezerrt wurde. Alle sahen zutiefst entsetzt aus, aber trotzdem begriff Mike, dass ein kleines Wunder geschehen war – keiner von ihnen war ernsthaft verletzt worden.

Das Benehmen der bewaffneten Männer, die sie aus ihren Kabinen zerrten, ließ keinen Zweifel daran aufkommen, dass sie noch immer Gefangene waren. Einer von ihnen hatte Singh, der wohl versucht hatte sich zu wehren, mit einem Kolbenstoß zu Boden geschleudert, die anderen trieben sie jetzt mit vorgehaltenen Gewehren zusammen.

Überhaupt – sie *benahmen* sich nicht nur nicht so, wie sich Mike britische Marineinfanteristen vorgestellt hatte, sie sahen auch nicht so aus. Anstelle von Uniformen trugen sie ein buntes Durcheinander von gestreiften Hemden, Hosen, fleckigen Pullovern und den verschiedensten Uniformteilen, die zum Teil nicht einmal derselben Nationalität entstammten, und bewaffnet waren sie mit einem wahren Sammelsurium moderner, aber vollkommen unterschiedlicher Gewehre. Was ging hier vor?

Sie wurden grob den Gang entlang und dann die eiserne Treppe zum Oberdeck des Schiffes hinaufgetrieben, und wohin Mike auch sah, erblickte er überall neue Spuren von immer größerer Zerstörung. Es schien buchstäblich keinen Meter an Bord des Kreuzers zu geben, der nicht in Mitleidenschaft gezogen worden war. Überall brannte es, überall erblickte er verbogenes, zerrissenes Metall und er sah Dutzende von Verletzten, vielleicht auch Toten.

In Mikes Hals saß ein bitterer, harter Kloß, und er kämpfte mit

den Tränen. Obwohl dieser entsetzliche Krieg seit anderthalb Jahren tobte und allmählich die ganze Welt in Brand zu setzen schien, hatten sie bisher doch so gut wie nichts davon selbst miterlebt. Sicher, sie hatten die schrecklichen Nachrichten aus allen Teilen der Welt aufmerksam verfolgt, aber sie hatten es aus *sicherer Entfernung* getan, und es war ein großer Unterschied, davon zu hören oder es zu *sehen*.

Mike lernte in diesen Momenten etwas, was er nie wieder im Leben vergessen sollte. Sie hatten in der Schule über die Kriege und Feldzüge der Vergangenheit geredet und er hatte mit Trautman viel über diesen bisher größten Krieg gesprochen, und er war auch entsetzt gewesen. Und trotzdem, trotz allem hatte er bei all diesen Berichten und Erzählungen immer eine gewisse Faszination verspürt und er hatte sich dieses Gefühles nicht geschämt. Das Wort Krieg hatte in ihm stets Bilder von gewaltigen Schlachten heraufbeschworen, von tapferen Helden, die todesmutig und mit einem siegessicheren *Hurra* auf den Lippen dem Feind gegenübertraten, es hatte einen Geruch von Abenteuer und heroischen Taten gehabt.

Nichts von alledem war Wirklichkeit. Es gab auf diesem Schiff keine Helden, keine tapferen Krieger und heroische Taten, und wahrscheinlich gab es sie nirgendwo, auf keinem Schlachtfeld der Welt und in keinem Krieg. Es gab nur Tod, Grauen und vollkommen sinnlose, blindwütige Zerstörung.

Mike war zutiefst erschüttert und von einem Entsetzen gepackt, das er sich vor ein paar Minuten noch nicht einmal hatte vorstellen können. Sie kamen an einigen toten deutschen Matrosen vorbei und er empfand nicht wirkliche Trauer bei

ihrem Anblick, sondern ein Gefühl, das er selbst nicht richtig einzuordnen imstande war. Es war so ... so sinnlos. Diese Männer hier hatten vielleicht selbst Familien gehabt und zwei-, drei-, viermal so lange gelebt wie er – und waren in nur einer einzigen Sekunde ausgelöscht worden.

Auch das Deck des Kriegsschiffes bot keinen anderen Anblick: Die HALLSTADT brannte lichterloh. Das hintere Drittel des Schiffes schien vollkommen in Flammen zu stehen und die Hitze war fast unerträglich. Der Himmel über ihnen war schwarz von Qualm. In den Brückenaufbauten gähnten zahllose, schwarz umrandete Löcher, aus denen Flammen und Rauch quollen. Es war ein wahres Wunder, dass das Schiff nicht schon längst gesunken war. Die GRISSOM hat tatsächlich ganze Arbeit geleistet, dachte Mike bitter. Wie es aussah, hatte Brockmanns Schiff nicht die geringste Chance gehabt – obwohl es ein gutes Stück größer und wohl auch besser bewaffnet gewesen war als der englische Zerstörer.

Dann gingen sie an den Ruinen der brennenden Brücke vorbei, und als Mikes Blick auf das Meer auf der anderen Seite des Schiffes fiel, sah er etwas, was alle seine Überlegungen hinfällig machte: die HMS GRISSOM.

Sie lag keine hundert Meter von der HALLSTADT auf der Seite und sank. Das Meer war ringsum mit Trümmerstücken und brennendem Öl bedeckt. Zahllose Matrosen befanden sich im Wasser und versuchten verzweifelt von dem sinkenden Wrack wegzuschwimmen, um nicht von seinem Sog mit in die Tiefe gerissen zu werden.

Trotzdem verharrte Mikes Blick nur eine Sekunde auf dem

sinkenden Zerstörer und den verzweifelt um ihr Leben schwimmenden Matrosen, denn hinter der GRISSOM war noch ein weiteres Schiff aufgetaucht. Es war weitaus größer als die GRISSOM und schien nur aus Panzerplatten und starrenden Geschützen zu bestehen, und obgleich sowohl der Name als auch die Hoheitskennzeichen sorgsam übermalt worden waren, gab es wohl keinen in der kleinen Gruppe, der es nicht sofort erkannt hätte.

Es war die LEOPOLD.

Mike hatte sich geirrt. Alles war ganz anders. Nicht Stanley und Brockmann waren übereinander hergefallen, sondern der Feind, den sie eigentlich gemeinsam hatten bekämpfen wollen, in einem Moment der Unachtsamkeit über sie. Bens Prophezeiung, was geschehen würde, wenn die beiden Schiffe auf Winterfelds Schlachtkreuzer trafen, war grausame Realität geworden.

Auch die LEOPOLD war beschädigt: Hier und da flackerten vereinzelte Brände und aus dem Heck des Schiffes quoll eine fettige schwarze Wolke, die sich mit der brodelnden Rauchdecke über dem Meer vermischte. Aber das waren im Grunde nur Nadelstiche, die diesen Giganten nicht wirklich beeindrucken konnten.

Mike blieb kaum Zeit, seinen neuerlichen Schreck zu verarbeiten. Hinter ihnen hämmerten schwere Schritte auf dem Metall des Decks, und als Mike sich herumdrehte, gewahrte er niemand anderen als Kapitän Winterfeld selbst, der in Begleitung eines halben Dutzend Bewaffneter auf sie zukam. Die Männer waren auf dieselbe abenteuerliche Weise gekleidet wie

die, die Mike und die anderen an Deck gebracht hatten, aber Winterfeld trug jetzt wieder seine Paradeuniform, die aussah, als käme sie frisch aus der Reinigung. Mike fiel allerdings auf, dass ihr Träger sorgsam alle militärischen Rangabzeichen und vor allem die Insignien seines Landes entfernt hatte.

»Winterfeld!«, sagte Trautman. Er wollte einen Schritt auf Winterfeld zu machen, wurde aber sofort von seinen Bewachern daran gehindert. »Ich hätte mir denken können, dass Sie dahinter stecken. Nur Sie sind zu einem solchen Verbrechen fähig!«

Winterfeld sah den weißhaarigen Steuermann der NAUTILUS eine Sekunde lang mit einem sonderbaren Ausdruck an. Dann gab er den beiden Männern, die Trautman hielten, einen Wink, woraufhin diese ihn losließen.

»Glauben Sie mir – ich habe das nicht gerne getan«, sagte er leise.

»O nein, sicher nicht«, antwortete Trautman. »Die Trauer steht Ihnen deutlich ins Gesicht geschrieben.«

Winterfeld seufzte. Trautmans Worte schienen ihn nicht zu verärgern, sondern vielmehr mit Trauer zu erfüllen, was Mike verwirrte. »Ich kann Ihre Gefühle verstehen, Herr Trautman«, sagte er ruhig. »Wir werden später hinlänglich Gelegenheit haben, über alles zu reden. Vielleicht werden Sie dann auch mich verstehen. Aber im Moment haben wir Wichtigeres zu tun.« Er trat an ihm vorbei und musterte die anderen reihum. Sein Blick blieb auf Mikes Gesicht hängen.

»Es freut mich, dich wieder zu sehen, mein Junge«, sagte er. »Ihr seid alle unversehrt, hoffe ich?«

»Mich freut es nicht«, antwortete Mike zornig. »Und ich will nicht mit Ihnen reden, Sie ... Sie Mörder!«

Winterfeld fuhr leicht zusammen, sagte aber nichts, sondern wandte sich an Serena. »Unsere kleine Prinzessin ist auch noch dabei, wie ich sehe«, sagte er. »Das ist gut. Ich hoffe, du hast dich mittlerweile ein wenig in unserer Welt zurechtgefunden?«

Serena funkelte ihn nur hasserfüllt an und Winterfelds Lächeln wirkte plötzlich ein wenig verkrampft. »Ich hoffe auch, du hast mittlerweile gelernt, dein Temperament zu zügeln, junge Dame«, fuhr er fort. »Ich habe die Umstände unseres letzten Zusammentreffens nicht vergessen. Ich weiß, wozu du fähig bist. Aber ich habe entsprechende Vorkehrungen getroffen, sei gewiss.«

Mike begriff, was Winterfeld meinte. Er hatte keine Ahnung, dass Serena längst nicht mehr im Besitz ihrer Zauberkräfte war! Und wie sollte er auch? Als sie das letzte Mal zusammengetroffen waren, da hatte Serena um ein Haar sein Schiff vernichtet, nur kraft ihrer Gedanken!

Winterfeld schien Serenas Schweigen als Zustimmung zu werten, denn er setzte das Gespräch nicht fort – zumal in diesem Moment eine weitere Gruppe seiner Soldaten über das Deck herankam, die eine riesenhafte, in eine zerfetzte und angesengte Uniform gekleidete Gestalt vor sich hertrieb.

Mike erkannte Brockmann kaum wieder. Der Kapitänleutnant war verletzt. Er hatte den rechten Arm angewinkelt und zog das Bein nach und sein Gesicht und seine Schulter waren voller Blut. Er musterte Winterfeld mit blankem Hass.

»Herr Brockmann!« Winterfeld trat Brockmann entgegen und

salutierte. Brockmann rührte sich nicht. Er starrte Winterfeld nur weiter aus brennenden Augen an. »Sie sind verletzt, wie ich sehe«, fuhr Winterfeld fort. »Das bedauere ich. Sie werden sofort ärztlich versorgt, sobald wir auf meinem Schiff sind.«

»Danke, ich verzichte«, antwortete Brockmann. Seine Stimme bebte. Auch die Selbstbeherrschung dieses Mannes hatte Grenzen. »Ich lege keinen Wert darauf, Hilfe von Piraten und Mördern zu bekommen.«

»Sie enttäuschen mich, Herr Kapitänleutnant«, sagte Winterfeld kopfschüttelnd. »Fällt es Ihnen so schwer, eine Niederlage hinzunehmen? Wenn es Sie tröstet – Sie hatten keine Chance. Nicht mit diesem Schiff.«

»Das war keine Niederlage«, antwortete Brockmann. »Das war Mord. Ich lehne es ab, mit Ihnen zu reden.«

»Aber, Herr Brockmann«, sagte Winterfeld kopfschüttelnd. »Ich bitte Sie! Sie sind Soldat wie ich. Muss ich Sie daran erinnern, dass Sie selbst vor nicht einmal zwei Monaten eine französische Fregatte versenkt haben? Die Zahl der Opfer belief sich, wenn ich mich richtig erinnere, auf –«

»Ich verbitte mir diesen Vergleich«, unterbrach ihn Brockmann scharf. »Wir sind im Krieg. Aber das hier war ein Akt der Piraterie!«

»Das ist Auffassungssache«, antwortete Winterfeld achselzuckend. »Nun, wir werden auch darüber noch ausgiebig diskutieren können. Im Moment ist leider keine Zeit dafür. Ist Ihr Erster Offizier noch am Leben?«

»Ich glaube ja«, antwortete Brockmann. »Warum? Wollen Sie ihn ertränken lassen?«

Winterfeld nahm die Provokation hin, ohne mit der Wimper zu zucken. »Bitte lassen Sie ihn suchen und übergeben Sie ihm das Kommando über Ihr Schiff«, sagte er. Er machte eine Geste auf das Meer hinaus. »Meine Männer werden ihm dabei behilflich sein, die Überlebenden der GRISSOM zu bergen. Die HALLSTADT ist zwar manövrierunfähig, aber sie wird nicht sinken. Und sobald wir einen ausreichenden Sicherheitsabstand erreicht haben, werde ich ihr Hilfe schicken. Sie werden mich auf die LEOPOLD begleiten müssen, fürchte ich.«

»Und wenn ich mich weigere?«, fragte Brockmann.

Winterfeld schüttelte tadelnd den Kopf. »Sie sind nicht in der Situation, sich zu weigern«, sagte er. »Ich schlage Ihnen einen Handel unter Offizieren und Ehrenmännern vor. Ich verzichte darauf, dieses Wrack endgültig zu versenken, und Sie geben mir Ihr Ehrenwort, mich zu begleiten und keinen Fluchtversuch zu unternehmen.« Er maß Brockmann mit einem langen, nachdenklichen Blick. »Einverstanden?«

»Habe ich eine andere Wahl?«, fragte Brockmann.

»Kaum«, antwortete Winterfeld. »Also?«

»Sie haben mein Wort«, sagte Brockmann zornig. »Aber nur, weil –«

Winterfeld unterbrach ihn mit einer Geste, mit der er Brockmanns Bewacher gleichzeitig befahl, ihn loszulassen. Der riesenhafte Mann schwankte, aber er hielt sich aus eigener Kraft auf den Füßen.

»Also gut, meine Herren«, sagte Winterfeld, wandte sich kurz zu Serena um und verbeugte sich spöttisch. »Und meine Dame,

selbstverständlich. Gehen wir. Wir haben noch einen weiten Weg vor uns.«

Eine knappe halbe Stunde nachdem man sie an Bord der LEOPOLD gebracht hatte, nahm das Schiff wieder Fahrt auf und kurz darauf wurden Mike und Trautman zu Winterfeld gebracht. Die Kabine, in der sie gemeinsam untergebracht waren, hatte keine Fenster, sodass sie keinen Blick nach draußen werfen konnten, aber Mike war kein bisschen überrascht, als sie auf das Deck hinaustraten und sahen, dass das Schlachtschiff wieder Kurs auf das offene Meer genommen hatte – und dass die NAUTILUS ihnen folgte. Das Tauchboot war mit einigen dicken Tauen und einer Ankerkette mit fast mannsgroßen, stählernen Gliedern an der LEOPOLD befestigt, und obwohl der Anblick Mike einen tiefen Stich versetzte, beruhigte er ihn auch zugleich ein wenig, denn er bewies, dass Winterfelds Männer nicht in der Lage waren, das Schiff zu steuern.

Winterfeld erwartete sie in der Kapitänskajüte, unmittelbar hinter der Brücke. Mike war nicht zum ersten Mal hier, aber er erkannte den Raum trotzdem kaum wieder. Die ehedem so pedantisch aufgeräumte Kabine hatte sich in ein Chaos verwandelt. Ein zweiter Tisch war hereingeschafft worden, auf dem sich Karten, Bücher und Hunderte von eng beschriebenen Blättern stapelten; das Bild des deutschen Kaisers und die dazu passende Fahne, die die Wand hinter Winterfelds Schreibtisch geziert hatten, waren verschwunden und hatten weiteren Karten und großformatigen Diagrammen und Blättern mit mathematischen Formeln und Berechnungen Platz gemacht, und auch

Winterfelds Schreibtisch brach schier unter der Last von noch mehr Karten, Büchern und Diagrammen zusammen. Der Anblick verwirrte Mike. Er hatte damit gerechnet, dass es hier nicht mehr so aussehen würde wie bei seinem letzten Besuch – aber Winterfelds Kabine sah ganz und gar nicht so aus wie die Kommandozentrale eines *Piratenschiffes.*

Er erlebte eine zweite Überraschung, als wenige Sekunden nach ihrem Eintreffen die Tür erneut geöffnet wurde und mehrere von Winterfelds Soldaten Kapitänleutnant Brockmann und seinen englischen Kollegen Stanley hereinführten. Brockmann humpelte jetzt viel mehr als vorhin, aber er hatte eine saubere Jacke an und die Platzwunde in seinem Gesicht war behandelt worden. Sein Arm hing in einer Schlinge. Offensichtlich hatte sein Stolz doch nicht so weit gereicht, dass er es ablehnte, von Winterfelds Ärzten behandelt zu werden. Stanley war unverletzt, aber sein Gesichtsausdruck war ebenso finster wie der des Deutschen. Beide Männer nahmen auf einen Wink Winterfelds hin wortlos Platz. Auf einen zweiten Wink hin verließen die Soldaten den Raum wieder.

»Nun, meine Herren«, begann Winterfeld, an die beiden Offiziere gewandt, »ich hoffe, Sie hatten Gelegenheit, sich ein wenig zu sammeln. Die überlebenden Matrosen der GRISSOM wurden an Bord der HALLSTADT gebracht?«

Die Frage galt Brockmann, der sie mit einem nur angedeuteten Nicken beantwortete. Sein Gesicht war wie aus Stein. Er hatte sich jetzt wieder vollkommen in der Gewalt. Aber hinter der Maske scheinbarer Gelassenheit brodelte es, das konnte Mike ganz deutlich erkennen. Seine unverletzte Hand umklam-

merte die Lehne des Stuhles mit solcher Kraft, als versuche er sie zu zerbrechen.

»Wir haben mittlerweile einen entsprechenden Funkspruch abgesetzt«, fuhr Winterfeld fort, als er nach ein paar Sekunden begriff, dass Brockmann nicht antworten würde. »Man wird sich um die Männer kümmern. In Anbetracht der Umstände denke ich, dass man die Besatzung der HALLSTADT wohl auf freien Fuß setzen wird. Und wenn nicht ... nun, wir wissen, wie ausgesucht höflich die Briten mit Kriegsgefangenen umgehen, nicht wahr? Sie brauchen sich also keine Sorgen um Ihre Männer zu machen, Herr Brockmann.«

»Da wäre ich nicht so sicher«, sagte Stanley. »Zumindest was *Sie* angeht. Früher oder später kriegen wir Sie, Sie Verbrecher. Bauen Sie dann nicht zu sehr auf die englische Höflichkeit. Sie könnten eine böse Überraschung erleben.«

»Aber, aber!« Winterfeld hob die Hand und schüttelte ein paar Mal den Kopf. »Ich muss Sie doch bitten, Mister Stanley. Drohungen helfen uns hier nicht weiter. Wir sollten uns wie zivilisierte Menschen benehmen.«

»Zivilisierte Menschen«, antwortete Stanley gepresst, »betätigen sich nicht als Piraten und Mörder.«

»Und dafür halten Sie mich?« Winterfeld wirkte ehrlich verletzt. »Nun, ich kann es Ihnen nicht einmal verübeln, wie die Dinge liegen. Aber ich kann Ihnen versichern, dass ich weder das eine noch das andere bin.«

»Ach?«, fragte Stanley. »Und was sonst?«

»Wir sind hier, damit ich Ihnen die Situation erklären kann«, antwortete Winterfeld. »Ich bitte Sie, mir einfach fünf Minuten

zuzuhören. Ich bin sicher, hinterher sehen Sie einiges anders.« Wieder wartete er einige Sekunden lang vergeblich auf eine Antwort, dann drehte er sich halb in seinem Sessel herum und wandte sich direkt an Mike.

»Ich bin froh, dass dir und deinen Freunden nichts geschehen ist«, sagte er. »Es ist ziemlich lange her, dass wir uns begegnet sind, aber wenn mich meine Erinnerung nicht täuscht, dann wart ihr damals mehr auf dem Schiff. Wo ist dieser junge Franzose – wie war doch gleich sein Name?«

»André«, antwortete Mike automatisch. »Er ist nicht mehr bei uns.«

»Ich hoffe doch stark, dass ihm nichts zugestoßen ist«, sagte Winterfeld und seltsam – es klang wirklich ehrlich.

»Nein«, antwortete Mike. »André ist –« Er fing im letzten Moment Trautmans warnenden Blick auf und fuhr nach einer Pause fort: »– in Sicherheit. An einem Ort, der ihm besser gefiel als die NAUTILUS.«

Winterfeld lächelte. »An einem jener geheimnisvollen Orte, die ihr zweifellos mittlerweile mit der NAUTILUS besucht habt«, sagte er. »Habt ihr Atlantis gefunden?«

Mike sah aus den Augenwinkeln, wie Stanley ihn anstarrte. So ruhig er konnte, sagte er: »Nein.«

»Und wenn es so wäre, würdest du es mir nicht sagen, nehme ich an«, fügte Winterfeld hinzu. »Nun, das überrascht mich nicht. Unsere letzte Begegnung ist ja unter nicht so besonders guten Umständen verlaufen, nicht wahr?«

»Also kennt ihr euch doch«, sagte Stanley bitter.

»Ja«, antwortete Winterfeld. »Allerdings tun Sie Mike und

seinen Freunden Unrecht, Kapitän. Wir sind keineswegs Verbündete oder auch nur Freunde. Ganz im Gegenteil. Aber dazu später.« Er stand mit einem Ruck auf und trat an eine der Karten, die die Wand hinter seinem Schreibtisch zierten. Zwei, drei Augenblicke lang stand er reglos da, dann sagte er ohne sich zu ihnen herumzudrehen: »Meine Herren – was halten Sie von diesem Krieg?«

Stanley blinzelte verwirrt. Brockmann zuckte nicht einmal mit der Wimper und nach einigen weiteren, von unbehaglichem Schweigen erfüllten Sekunden drehte sich Winterfeld nun doch herum und sah die beiden Offiziere nachdenklich an. »Ich mache nicht nur Konversation«, sagte er. »Ich frage Sie, was Sie zu dem sagen, was gerade in Europa geschieht. Gefällt es Ihnen?«

»Was soll diese Frage?«, fragte Stanley. »Natürlich nicht.«

»Aber Sie sind doch daran beteiligt«, antwortete Winterfeld lächelnd.

»Ich bin Soldat«, erwiderte Stanley. »Kein Politiker.«

»O ja, natürlich«, sagte Winterfeld spöttisch. »Und Sie tun, was man Ihnen sagt, nicht wahr? Genau wie mein geschätzter Kamerad Brockmann, nehme ich an. Für Kaiser und Vaterland, wenn es sein muss, bis in den Tod. Wie viele britische Schiffe haben Sie versenkt, Brockmann? Zwei? Drei? Und Sie, Stanley – wie viele Kameraden haben Sie verloren?«

»Die mitgerechnet, die *Sie* gerade umgebracht haben?«, fragte Stanley.

Winterfeld seufzte. Mit einem wortlosen Kopfschütteln wandte er sich an Mike. »Und du?«, fragte er.

»Wie meinen Sie das?«, fragte Mike.

»Wie ich es sage«, antwortete Winterfeld. »Vermutlich habt ihr, du und deine Freunde, bisher wenig direkt von diesem Krieg mitbekommen, aber ich denke, ihr seid alt genug, um euch den Rest vorstellen zu können. Was sagst du zu diesem *Krieg?«*

Die Art, auf die Winterfeld das letzte Wort aussprach, irritierte Mike. Es hörte sich an wie etwas Obszönes. »Ich halte ihn für Wahnsinn. Und für ein Verbrechen«, antwortete er.

Winterfeld lächelte. »Sehen Sie, meine Herren«, sagte er, nun wieder an Stanley und Brockmann gewandt. »Dieser Junge ist *kein* Soldat. Er ist nicht einmal ein Erwachsener. Nur ein Jugendlicher. Und trotzdem hat er offenbar viel deutlicher erkannt, was im Moment in der Welt geschieht. Wahnsinn. Und ein Verbrechen.« Plötzlich veränderte sich etwas in seiner Stimme. Sie wurde nicht lauter, aber viel eindringlicher, und es war etwas darin, was Mike schaudern ließ.

»Was dort draußen vorgeht, *ist* ein Verbrechen. Dort draußen sterben Menschen, jeden Tag, jede Stunde. Und sie sterben vollkommen sinnlos – nur weil einige Politiker glauben, ihre Ziele um jeden Preis durchsetzen zu müssen. Sie werfen mir vor, dass ich getötet habe? Das ist richtig. Aber Sie selbst tun nichts anderes! Der Krieg wütet seit anderthalb Jahren und die Zahl der Opfer geht bereits in die Hunderttausende. Und Millionen werden vermutlich sterben, bis die eine oder andere Seite aufgibt oder besiegt ist.«

»Und das gibt Ihnen das Recht, Ihren eigenen Krieg vom Zaun zu brechen?«, fragte Trautman. Es waren die ersten Worte, die er sprach, seit sie hereingekommen waren, und sie hörten

sich eigentlich gar nicht wie ein Vorwurf an, sondern eher nachdenklich.

»Mein eigener Krieg?« Winterfeld lachte leise. »Eine interessante Formulierung – aber ja, vielleicht haben Sie damit sogar Recht. Aber wenn, dann führe ich ihn nicht gegen eine Nation.«

»Sondern gegen alle?«, fragte Stanley.

»Nein«, antwortete Winterfeld ernst. »Gegen den Krieg. Und ich möchte Sie bitten, mich dabei zu unterstützen.«

»Wie bitte?« Stanley riss ungläubig die Augen auf.

»Sie haben mich richtig verstanden«, sagte Winterfeld. »Sie sind meine Gefangenen, aber ein Wort von Ihnen genügt und Sie sind frei. Unter der Bedingung, dass Sie mir helfen.«

»Helfen?«, fragte Stanley, nunmehr total verwirrt. »Wobei?«

Winterfeld antwortete nicht gleich, sondern sah sie alle vier der Reihe nach und sehr ernst an, ehe er sagte: »Den Krieg zu beenden.«

Ein paar Sekunden lang herrschte absolute Stille. Man hätte die berühmte Stecknadel fallen hören können. Stanley, Brockmann und auch Mike starrten Winterfeld an und Stanley auf eine Art, als zweifelte er ernsthaft an Winterfelds Verstand – was er wahrscheinlich in diesem Moment auch tat. Nur Trautman wirkte viel mehr erschrocken als überrascht. Und sehr nachdenklich. Sein Blick glitt über die überall aufgehängten Karten und Tabellen, und Mike konnte regelrecht sehen, wie es hinter seiner Stirn zu arbeiten begann.

Auch Mike war im ersten Augenblick perplex. Was Winterfeld sagte, hörte sich tatsächlich schlichtweg verrückt an und in gewissem Sinne war er es sicherlich auch – aber auf der ande-

ren Seite kannte Mike Winterfeld auch zu gut, um wirklich zu glauben, dass der Mann einfach den Verstand verloren hatte. Er konnte sich nicht im Ernst einbilden, nur mit diesem Schiff allein den Krieg beenden zu können. Die LEOPOLD war eine gewaltige Vernichtungsmaschine, und was er tat, bedeutete für die unmittelbar Betroffenen sicherlich das Ende – aber für die am Krieg beteiligten Nationen war es nicht mehr als ein Ärgernis.

Genau das sprach Stanley dann schließlich auch aus: »Sie müssen übergeschnappt sein«, sagte er. »Was haben Sie vor? So lange abwechselnd deutsche und britische Schiffe zu versenken, bis beide Nationen vor Ihnen kapitulieren?«

»Nein«, antwortete Winterfeld ruhig. »Ich bin kein Narr, Kapitän Stanley, auch wenn Sie mich dafür zu halten scheinen. Mir ist klar, dass ich früher oder später gestellt und besiegt werden würde, würde ich so weitermachen wie bisher. Das habe ich nicht vor. Tatsächlich war der Angriff auf Ihre beiden Schiffe der letzte kriegerische Akt, zu dem ich gezwungen war. Wenn Sie so wollen, dann war Ihre Mission erfolgreich: Ab dem heutigen Tage wird es keine Überfälle mehr geben. Ich habe, was ich wollte.«

»Die NAUTILUS«, vermutete Trautman.

Winterfeld nickte. »Unter anderem – ja. Mein Angebot gilt selbstverständlich auch für Sie und Ihre Begleiter, Herr Trautman: Sagen Sie mir Ihre Unterstützung zu und geben Sie mir Ihr Ehrenwort und Sie sind frei.«

»Unterstützung wobei?«, wollte Stanley wissen.

Winterfeld lächelte. »Sie enttäuschen mich erneut, Mister

Stanley«, sagte er. »Sie erwarten nicht im Ernst, dass ich Ihnen meine Pläne offenbare, bevor ich weiß, wo Sie stehen?«

»Nein«, antwortete Stanley. »Ebenso wenig wie Sie mein Ehrenwort als Offizier erwarten, bevor ich weiß, was Sie vorhaben.«

Diesmal lachte Winterfeld laut. »Ich sehe ein, die Situation ist verzwickt«, sagte er. »Ein klassisches Patt sozusagen. Aber ich erwarte Ihre Entscheidung auch nicht sofort. Denken Sie in Ruhe über Folgendes nach: Wie würden Sie sich entscheiden, wenn Sie die Wahl hätten, entweder Ihrem König und Ihrem Diensteid zu folgen und diesen Wahnsinn weiter mitzumachen oder beide zu verraten und den Krieg dafür zu beenden.«

»Das ist unmöglich!«, behauptete Stanley. »Wie wollen Sie das bewerkstelligen?«

»Wie gesagt – das kann ich Ihnen im Moment noch nicht sagen«, antwortete Winterfeld. »Aber glauben Sie mir – ich kann es. Und ich werde es tun, ob mit Ihrer oder ohne Ihre Hilfe. Und das Gleiche gilt für euch.« Er wandte sich nun wieder direkt an Mike. »Meine Ingenieure haben mir versichert, dass sie binnen kürzester Zeit lernen werden, mit der NAUTILUS umzugehen. Aber es wäre einfacher mit eurer Hilfe. Und ihr habt mein Ehrenwort, dass ihr das Schiff zurückbekommt und frei seid, sobald alles vorbei ist.«

»Sie müssen verrückt sein!«, sagte Stanley. »Ich weigere mich, Ihnen weiter zuzuhören.«

»Das brauchen Sie auch nicht«, antwortete Winterfeld. »Wie gesagt – ich erwarte Ihre Entscheidung nicht sofort. Wir haben vier Tage Zeit, bis wir unser Ziel erreichen. So lange gebe ich

Ihnen Bedenkzeit. Selbstverständlich werden Sie behandelt, wie es einem Offizier zukommt.« Er rief die Wachen herein, die Stanley und Brockmann hinausführten. Auch Trautman und Mike erhoben sich, aber als Mike die Kabine verlassen wollte, rief Winterfeld ihn zurück.

Mike zögerte. Ihm war nicht wohl dabei, mit Winterfeld allein zu sein. Er tauschte einen fragenden Blick mit Trautman, aber als dieser nickte, blieb er stehen und sah Winterfeld fragend an.

Winterfeld schwieg, bis sich die Tür hinter Mike wieder geschlossen hatte, dann sagte er: »Bitte setz dich, Mike.« Mike zögerte erneut. Da war plötzlich etwas in Winterfelds Blick, das ihn erschreckte. Aber er gehorchte, und nachdem er sich wieder gesetzt hatte, nahm auch Winterfeld wieder auf seinem Stuhl auf der anderen Seite des Schreibtisches Platz.

»Ich möchte, dass du eines weißt, Mike«, fuhr Winterfeld fort. »Was immer auch passieren mag und wie immer ihr euch auch entscheidet, dir und deinen Freunden wird nichts geschehen.«

Aber das war nicht alles, was Winterfeld ihm sagen wollte, das spürte Mike ebenso deutlich, wie er spürte, dass Winterfelds Worte ehrlich gemeint waren, nicht nur so dahingesagt, sondern ein Versprechen, das er unter allen Umständen einhalten würde. Er antwortete nicht, aber damit schien Winterfeld auch gar nicht gerechnet zu haben.

»Mir liegt viel daran, dass du mir glaubst, Mike«, sprach er weiter. »Ich sage das nicht nur, um dich umzustimmen. Ihr könnt euch entscheiden, wie ihr wollt. Sobald ich meine Arbeit getan habe, seid ihr frei. Ihr könnt die NAUTILUS nehmen und damit hinfahren, wo immer ihr wollt.«

»Warum haben Sie uns dann überhaupt erst gefangen genommen?«, fragte Mike.

Winterfeld lächelte sanft. »Mir kam es eher vor, als hätte ich euch *befreit*«, sagte er. »Aber du hast natürlich Recht – ich *habe* euch gesucht. Ich brauche die NAUTILUS, wenigstens für eine Weile. Aber ich will sie euch nicht mehr wegnehmen. Ich gebe zu, das wollte ich, aber ich weiß jetzt auch, dass es ein Fehler war.«

»Und woher diese plötzliche Einsicht?«, fragte Mike.

Winterfeld wirkte mit einem Male sehr traurig. »Ich habe mit jemandem gesprochen«, sagte er. »Mit jemandem, der mir die Augen geöffnet hat. Derselbe, dem ich versprochen habe, euch keinen Schaden zuzufügen.«

»Paul?«, vermutete Mike.

Winterfeld nickte. Er sagte nichts. Mike sah deutlich, dass er etwas sagen *wollte*, aber plötzlich konnte er es nicht mehr. In seinem Gesicht zuckte ein Muskel und seine Augen schienen sich plötzlich mit Schatten zu füllen. In Mike stieg ein furchtbarer Gedanke empor.

»Wie ... wie geht es Paul?«, fragte er stockend. »Wo ist er?«

»Er ist tot«, antwortete Winterfeld leise.

Mike fuhr zusammen. »Tot?«, keuchte er. »Aber wie ... ich meine, das ... das kann doch gar nicht sein ... Er ...« Seine Gedanken drehten sich wild im Kreis. Er wusste, dass Winterfeld die Wahrheit sagte – *niemand* würde sich einen Scherz über den Tod seines eigenen Kindes erlauben – aber er weigerte sich einfach, es zu glauben. Paul tot? Das konnte nicht sein. Das *durfte* nicht sein. Paul Winterfeld war sein bester Freund ge-

wesen, als sie noch zusammen im Internat in England gewesen waren, und all die Zeit, die inzwischen vergangen war, hatte im Grunde nichts daran geändert und beste Freunde sterben einfach nicht.

»Wie ist es passiert?«, flüsterte er.

Winterfeld starrte an ihm vorbei ins Nichts. Seine Stimme sank zu einem Flüstern herab, das Mike kaum mehr verstehen konnte. »Vor drei Monaten«, antwortete er. »Es war ein Angriff auf die LEOPOLD. Eine deutsche Fregatte.«

»Eines Ihrer *eigenen* Schiffe?«, keuchte Mike.

»Ihr Kapitän glaubte wohl, sich einen Orden verdienen zu müssen«, antwortete Winterfeld bitter. »Vielleicht war er auch einfach nur verrückt. Das Schiff tauchte plötzlich auf und eröffnete warnungslos das Feuer auf uns. Es war so ... so sinnlos. Er hatte keine Chance.«

Mike war kaum in der Lage, Winterfelds Worten zu folgen. Er hörte sie, aber sie erreichten nicht wirklich sein Bewusstsein.

Trotzdem war ihm ganz klar, was geschehen war: Winterfeld war ein Deserteur. Er hatte vor mehr als einem Jahr zusammen mit seinem Schiff und dem Großteil seiner Besatzung den Befehl verweigert und sowohl dem deutschen Kaiserreich als auch dem Krieg den Rücken gekehrt und natürlich machte nun jeder Kapitän des Kaiserreiches Jagd auf ihn. Vermutlich stand sein Kopf ganz oben auf der Wunschliste des deutschen Kaisers, gleich unter dem des britischen Königs.

»Aber ... aber wieso?«, stammelte er. »Das ... das kann doch gar nicht sein!«

»Es war ein Zufallstreffer«, fuhr Winterfeld leise fort. »Wir

haben sie in Stücke geschossen, noch ehe sie die zweite Salve abfeuern konnten. Nur eine einzige Granate hat uns getroffen. Sie verletzte mich und sie tötete Paul.«

Mike kämpfte mit aller Macht gegen die Tränen.

»Er hat deinen Namen genannt, Mike«, sagte Winterfeld. »Ich musste ihm etwas versprechen und ich werde dieses Versprechen halten. Ich habe ihm geschworen, dass dir und deinen Freunden kein Leid geschieht. Und dass die NAUTILUS nicht in falsche Hände gerät. Deshalb habe ich euch befreit.«

»Dann wussten Sie die ganze Zeit, wo wir waren?«, fragte Mike.

»Nicht die ganze Zeit«, antwortete Winterfeld. »Aber seit ein paar Wochen, ja.« Er lächelte traurig. »Ich weiß, ihr habt gedacht, dass ihr mich verfolgt.«

»Dabei haben *Sie* uns verfolgt«, murmelte Mike. »Deshalb waren Sie auch so schnell zur Stelle, als Stanleys Schiff uns gejagt hat.«

Winterfeld nickte. Er sagte nichts.

»Soll ich Ihnen jetzt danken?«, fragte Mike. Sein Schmerz schlug in Zorn um. »Das werde ich nicht«, sagte er. »Ich glaube nicht, dass Paul es so gemeint hat. Sie haben uns gerettet, aber um welchen Preis?«

»Ich verstehe deine Verbitterung«, antwortete Winterfeld sanft. »Vielleicht hast du sogar Recht. Ich habe es aufgegeben, über Recht und Unrecht nachzudenken, Mike. Sie sind nicht mehr, was sie sein sollten. Es sind nur noch Worte ohne Bedeutung. Recht hat in dieser Welt nur noch der, der stärker ist.«

»Aber das ist doch Wahnsinn!«, sagte Mike.

»Ja«, antwortete Winterfeld. »Das ist es. Es ist Wahnsinn, weil die ganze Welt wahnsinnig geworden ist. Aber ich werde diesen Wahnsinn beenden.« Er machte eine zornig wirkende Geste. »Ich weiß, dass Stanley und Brockmann mich für verrückt halten – und Trautman und du vielleicht auch. Vielleicht braucht es einen Verrückten, um eine Welt von Verrückten zur Besinnung zu bringen.«

»Und das sind Sie?«, fragte Mike.

»Warum nicht? Jemand muss es tun. Und ich bin in der Lage dazu.«

»Und wie?«

»Das kann und will ich dir nicht verraten«, antwortete Winterfeld. »Noch nicht. Aber bald. Und ich bitte dich, über dieselbe Frage nachzudenken, die ich Stanley gestellt habe. Ob du mir glaubst oder nicht – versuch dir einfach vorzustellen, dass ich tatsächlich die Macht hätte, diesen Krieg zu beenden, und dann entscheide.« Er gab sich einen Ruck und sprach lauter und mit veränderter Stimme weiter.

»Du kannst jetzt gehen. Ich habe euch einen Teil des Schiffes zugewiesen, in dem ihr euch frei bewegen könnt. Ich weiß, dass ihr mein Vertrauen nicht ausnutzen werdet.«

Die Nachricht von Pauls Tod versetzte sie alle in tiefe Bestürzung. Selbst Ben, der früher keine Gelegenheit ausgelassen hatte, Paul wegen seiner Herkunft und Nationalität zu hänseln, wurde für eine Weile sehr ruhig, und als Mike genauer hinsah,

erkannte er, dass er mit den Tränen kämpfte. Schließlich war es Stanley, der als Erster das Schweigen brach. Brockmann und er waren zu den anderen gebracht worden.

»Das wäre wenigstens eine Erklärung«, sagte er.

»Wofür?«, wollte Mike wissen. Auch er kämpfte plötzlich mit den Tränen. Vorhin, als Winterfeld ihm die Hiobsbotschaft überbracht hatte, da hatte er sich noch halbwegs in der Gewalt gehabt. Aber jetzt, nachdem er es selbst erzählt hatte, kostete es ihn all seine Kraft, überhaupt zu sprechen.

»Dafür, dass er offensichtlich den Verstand verloren hat«, antwortete Stanley. »Er wäre nicht der Erste, der daran zerbricht, ein Kind zu verlieren. Noch dazu, wo ein Schiff seines eigenen Landes für dessen Tod verantwortlich ist.«

Er sah Brockmann an und wartete offensichtlich auf eine Zustimmung, aber der deutsche Kapitän schüttelte nach einigen Augenblicken den Kopf. »Das glaube ich nicht«, sagte er.

Stanley legte den Kopf schief. »So?«, fragte er spöttisch. »Und warum nicht, wenn ich fragen darf? Sind Sie der Meinung, dass ein deutscher Offizier sich keine Gefühle erlauben darf?«

Brockmann wollte auffahren, aber Trautman machte eine rasche, beruhigende Geste. »Bitte, meine Herren«, sagte er. »Es nutzt gar nichts, wenn wir uns jetzt streiten. Dürfte ich vorschlagen, dass wir einen Waffenstillstand schließen, bis das alles hier vorbei ist?«

Brockmann nickte, während Stanley seinen deutschen Kollegen noch eine Sekunde lang aus brennenden Augen anstarrte, ehe auch er sich zu einem Nicken durchrang.

»Sie machen es sich zu leicht, Stanley«, fuhr Brockmann

schließlich fort. »Ich kenne Winterfeld von früher. Er ist nicht so. Dieser Mann ist einer der beherrschtesten und diszipliniertesten Soldaten, die ich je kennen gelernt habe. Ansonsten hätte man ihm auch kaum das Kommando über die LEOPOLD anvertraut.«

»Was nicht unbedingt eine weise Entscheidung war«, konnte sich Stanley nicht verkneifen hinzuzufügen. »Immerhin ist er mit dem Stolz der kaiserlichen Marine auf und davon, wenn ich richtig informiert bin.«

»Ja, das ist er«, gestand Brockmann ungerührt. »Und niemand hat bis heute begriffen, warum. Winterfeld ist nicht verrückt. Er musste wissen, dass er früher oder später gestellt werden würde. Und das gilt immer noch. Er hat uns besiegt, aber auf die Dauer kann er nicht davonkommen.«

»Und wenn er Recht hat?«, fragte Serena.

Alle sahen das Mädchen verwirrt oder spöttisch an, aber Serena nickte nur heftig mit dem Kopf und wiederholte ihre Frage: »Und wenn er nun Recht hat? Was, wenn er wirklich in der Lage ist, diesen Krieg zu beenden?«

»Das ist völlig unmöglich«, sagte Brockmann.

»Wieso?«, wollte Serena wissen. »Sie haben es doch selbst gesagt – er ist bestimmt nicht einfach verrückt. Jedenfalls nicht verrückter als ihr alle. Was, wenn er etwas weiß, was sonst außer ihm niemand weiß? Wenn er eine Entdeckung gemacht hat? Irgendeine Erfindung, die ihn unverwundbar macht?«

Trautman lächelte. »Ich glaube, ich weiß, worauf du hinauswillst, Serena«, sagte er. »Aber so funktioniert das bei uns nicht. Er hat bestimmt keine neue Superwaffe oder etwas Ähnliches

entdeckt. So etwas bastelt man nicht in einem Jahr auf einem Schiff auf hoher See zusammen.«

»Aber was kann er dann vorhaben?«, fragte Juan. Er schien nicht ganz so sehr davon überzeugt zu sein, dass Serena Unsinn redete, wie alle anderen, Trautman eingeschlossen. Mit einem fragenden Blick wandte er sich an Stanley und Brockmann. »Was wissen Sie über ihn? Sie haben ihn immerhin gemeinsam gejagt – und das will schon etwas heißen in diesen Zeiten. Was hat er getan?«

»Das wisst ihr doch genau«, antwortete Stanley heftig. »Er ist ein Pirat und Mörder. Er hat ein Dutzend Schiffe versenkt oder gekapert und fast ebenso viele Häfen in Schutt und Asche gelegt.«

Stanley zog nur eine Grimasse, aber nach ein paar Sekunden sagte Brockmann nachdenklich. »Sprengstoff.«

Nicht nur Juan sah den Kapitän mit neuem Schrecken an. »Wie?«

Brockmann nickte ein paar Mal und warf einen Blick in die Runde. »Die Schiffe, die er gekapert hat, waren ausnahmslos Munitionstransporter«, bestätigte er. »Und in mindestens drei der deutschen Küstenstädte, die er angegriffen hat, befanden sich Munitionslager. Die LEOPOLD hat sie sturmreif geschossen, aber anschließend haben seine Männer große Munitions- und Sprengstoffvorräte erbeutet. Ich nehme an, so war es auch in den betroffenen Städten an der britischen Küste?«

Die Frage galt Stanley, der jedoch nur mit Schweigen und einem steinernen Gesichtsausdruck darauf reagierte. Schließlich lachte Brockmann leise. »Sie verraten mir keine Staatsgeheim-

nisse«, sagte er. »Glengweddyn ist alles andere als ein verschlafenes Nest, Stanley. Haben Sie wirklich gedacht, wir wüssten nicht, dass in den umliegenden Bergen eines der größten Munitionslager an diesem Küstenabschnitt verborgen ist?«

»Stimmt das?«, fragte Trautman.

Stanley nickte widerwillig. »Ja«, sagte er. »Aber selbst wenn – was heißt das schon? Was glauben Sie, hat er vor? Er muss zigtausend Tonnen Sprengstoff erbeutet haben, aber was nutzt ihm das schon?«

»Das wissen wir noch nicht«, antwortete Trautman. »Aber ich schätze, wir sind auf der richtigen Spur.« Er blickte einige Sekunden lang nachdenklich zu Boden. »Sind Ihnen die Karten in seiner Kabine aufgefallen und all diese Berechnungen und Tabellen?«

Stanley nickte. »Sicher. Und?«

»Sie gefallen mir nicht«, sagte Trautman. »Ich könnte nicht sagen, wieso, aber etwas daran macht mir Angst. Das Ganze *ergibt* einen Sinn – ich weiß nur noch nicht, welchen.«

»Wir brauchen Astaroth«, sagte Ben.

»Wen?«, fragte Stanley.

»Astaroth«, sagte Ben noch einmal. »Unseren Bordkater.«

Stanleys Augen wurden groß. »Den ... *Kater?*«, fragte er. »Bist du jetzt auch noch verrückt geworden?«

Ben setzte zu einer Antwort an, aber er fing im letzten Moment einen warnenden Blick Trautmans auf und schluckte hinunter, was er Stanley wohl gerade über Astaroth hatte erzählen wollen. Und das ist auch gut so, dachte Mike. Ganz abgesehen davon, dass Stanley ihnen sowieso nicht geglaubt hätte,

war es vielleicht – Waffenstillstand hin oder her – ganz gut, wenn Stanley und Brockmann nicht *alles* wussten.

»Das Tier ist ganz allein an Bord der NAUTILUS«, sagte Trautman. »Niemand kümmert sich im Moment darum. Ben sorgt sich wohl nur um ihn.«

Stanley blickte ihn an, als zweifle er an seinem Verstand – was er im Moment wohl auch tat –, sagte aber nichts mehr, sondern schüttelte nur ein paar Mal den Kopf.

»Also, noch einmal zurück zu Winterfeld«, fuhr Trautman fort. »Wir wissen, dass er über einen gewaltigen Vorrat an Sprengstoff verfügt und dass seine Kabine voll ist mit Seekarten und mathematischen Berechnungen. Was könnte das bedeuten?«

»Was wohl?«, fragte Stanley spöttisch. »Vielleicht will er ja den Nordpol sprengen.«

Die Worte waren als Scherz gemeint, aber niemand lachte. Brockmann sah ihn eine Sekunde lang eindeutig erschrocken an, und Stanleys Lächeln gefror zu einer Grimasse.

»Den Pol vielleicht nicht, aber irgendetwas anderes«, sagte Trautman in das unbehagliche Schweigen hinein. »Aber was? Wir fahren tatsächlich nach Norden, nicht wahr? Was gäbe es dort, was Einfluss auf den Verlauf des gesamten Krieges hätte, wenn man es zerstört?«

»Nichts«, sagte Stanley. »Rein gar nichts, glauben Sie mir. Wir können überlegen bis zum Sankt Nimmerleinstag – die Antwort ist immer dieselbe: Winterfeld ist verrückt geworden.«

»Ich wollte, ich könnte Ihnen glauben«, seufzte Trautman. »Aber irgendetwas sagt mir, dass es nicht so einfach ist.«

Mike hörte nicht mehr hin. Das Gespräch begann sich im

Kreise zu drehen und das würde es auch noch eine geraume Weile weiter tun, denn sie versuchten etwas im Grunde Unmögliches: Antworten zu finden auf Fragen, die sie noch nicht kannten. Das Interesse, das für kurze Zeit in ihm aufgeflammt war, war wohl nur so etwas wie ein Strohhalm gewesen, an den sein Verstand sich klammerte, um sich nicht dem gewaltigen Schmerz stellen zu müssen, der wie ein Abgrund unter seinen Gedanken lauerte. Er fühlte sich wie erschlagen, so leer, als wäre mit Paul tatsächlich ein Stück von ihm gestorben. Nach einer Weile stand er auf und setzte sich auf die Kante des am weitesten von den anderen entfernten Bettes. Er wollte allein sein.

Trotzdem verspürte er ein Gefühl von Dankbarkeit, als Serena nach einiger Zeit zu ihm kam. Sie setzte sich wortlos und sie streckte ebenso wortlos die Hand nach seiner aus und hielt sie fest. Es machte den Schmerz nicht weniger schlimm, aber irgendwie half es ihm, ihn besser zu ertragen.

»Du trauerst um deinen Freund«, stellte Serena schließlich fest.

Mike nickte wortlos.

»Er muss ... ein sehr guter Mensch gewesen sein, wenn du ihn so geliebt hast«, fuhr Serena stockend fort.

Mike nickte wieder. Er sagte noch immer nichts. Seine Kehle war wie zugeschnürt.

»Obwohl er Winterfelds Sohn war«, fügte Serena hinzu und diesmal klang sie sehr nachdenklich. »Das verstehe ich nicht. Wie kann der Sohn deines Feindes zugleich dein *Freund* sein?«

»Das eine hat mit dem anderen nichts zu tun«, antwortete Mike. »Außerdem ist Winterfeld nicht wirklich unser Feind.«

Serena machte große Augen. »Nach allem, was er getan hat?«

»Ich weiß, es klingt verrückt«, antwortete Mike, »aber er ist trotzdem nicht unser *Feind*. Er ist von dem überzeugt, was er tut, und er tut es nicht, um uns zu quälen oder uns Schaden zuzufügen. Das macht es nicht besser«, fügte er hastig hinzu, als er Serenas Blick bemerkte. »Im Gegenteil.«

»Wieso?«

»Weil es viel leichter ist, jemanden zu bekämpfen, den man hasst«, sagte Mike. »Aber das kann ich nicht. Winterfeld hat versprochen, uns gehen zu lassen, und ich bin sicher, dass er sein Wort hält. Er ist von dem überzeugt, was er tut, und gerade das macht ihn so gefährlich.«

»Ich glaube nicht, dass ich das verstehe«, sagte Serena. »Ihr seid sonderbar. Manchmal kommt ihr mir so wild und barbarisch vor, dass ich beinahe Angst vor euch bekomme. Und dann wieder seid ihr so kompliziert ...«

Mike lächelte matt. Es waren Momente wie diese, die ihn immer wieder daran erinnerten, dass Serena nur so aussah wie ein ganz normales dreizehn- oder vierzehnjähriges Mädchen. Aber das war sie eben nicht. Sie stammte aus einer Welt, die mit der, in der Mike und die anderen geboren und aufgewachsen waren, nicht viel gemein hatte.

»Was verstehst du nicht?«, fragte er.

»Alles«, sagte Serena. Sie klang ein bisschen hilflos. »Zum Beispiel diese ... diese *Freundschaft*. Du hast diesen Paul doch länger als ein Jahr nicht gesehen und trotzdem trauerst du um ihn wie um einen Bruder.«

»Das spielt überhaupt keine Rolle«, antwortete Mike. »Weißt du, eine richtige Freundschaft hält ein Leben lang. Und man kann sich auch fast ein Leben lang nicht sehen, ohne dass es etwas daran ändern würde. Hast du denn gar keine Freunde gehabt?«

»In Atlantis?« Serena schüttelte den Kopf. »Ich war eine Prinzessin«, erinnerte sie ihn und es klang ein wenig, als hätte Mikes Frage sie beleidigt. »Alle haben mich verehrt, aber niemand hätte es gewagt, mich als seine *Freundin* zu behandeln.«

»Dann hast du vielleicht das Wichtigste, was es im Leben eines Menschen gibt, niemals kennen gelernt«, sagte Mike ernst.

»Was?«, fragte Serena. »Um einen Menschen trauern zu müssen, wie du jetzt? Was ist daran so wichtig? Dir bricht beinahe das Herz.«

»Aber auch das gehört dazu«, antwortete Mike.

»Wenn es so ist, dann bin ich froh, dass ich nie Freunde hatte«, sagte Serena.

Im ersten Moment erschreckten diese Worte Mike – aber plötzlich lächelte er. »Aber die hast du doch längst«, sagte er.

»So?« Serena klang ehrlich verblüfft. »Wie meinst du das?«

»Was ist mit Astaroth?«, fragte Mike. »Und Trautman und Singh und Chris und Juan – und selbst Ben? Wir sind doch deine Freunde. Und das werden wir auch immer bleiben, ganz egal, was passiert.«

»Das ist ... etwas anderes«, behauptete Serena. »Du hast gesagt, dass Freunde –«

»– zum Beispiel füreinander einstehen«, unterbrach sie Mike.

»Hast du das etwa nicht getan? Was war auf der Insel der Dinosaurier? Warst du etwa nicht bereit, dein eigenes Leben zu opfern, um uns zu retten?*

Serena schwieg verwirrt. Aber nach einigen Sekunden sagte sie wieder: »Das war etwas anderes.«

»Das war es nicht«, antwortete Mike. »Aber auch das wirst du noch einmal verstehen.«

Sie sprachen nicht weiter, sondern saßen einfach in vertrautem Schweigen nebeneinander da, und was Mike vorhin schon einmal gespürt hatte, das empfand er jetzt erneut und noch viel intensiver: Es linderte den Schmerz nicht, wenn jemand da war, der ihn teilte. Aber es machte es leichter, ihn zu ertragen. Sehr viel leichter sogar.

Die Zeit strich träge dahin. Die ersten beiden Tage ihrer Gefangenschaft brachten sie fast ununterbrochen zusammen zu, und natürlich diskutierten sie immer wieder über Winterfelds geheimnisvollen Plan. Aber schließlich kamen sie wieder darauf, was Trautman eigentlich schon am ersten Tag auf den Punkt gebracht hatte: Sie konnten nichts gegen Winterfeld unternehmen, solange sie nicht wussten, was er vorhatte.

Erst am vierten und somit – Winterfelds eigenen Worten zufolge – letzten Tag ihrer Reise wurden sie das erste Mal wieder an Deck gelassen.

Es war sehr kalt. Sie waren ununterbrochen nach Norden gefahren, und da die LEOPOLD auch ein sehr schnelles Schiff

* siehe den Band »Im Tal der Giganten«

war, hatten sie in dieser Zeit ein gehöriges Stück Weg zurückgelegt. Brockmann hatte gemeint, dass sie sich allmählich dem Polarkreis nähern mussten, und zumindest der erste Blick, den Mike auf das Meer warf, als er gebückt in den eisigen Wind hinaustrat, der über das Deck der LEOPOLD strich, schien ihm Recht zu geben: Der Himmel war grau und hing niedrig und er kam Mike vor wie eine Platte aus massigem Blei, die jemand über die Welt gestülpt hatte. Die Sonne sah aus wie ein darauf gemalter gelber Klecks, der kaum Licht und überhaupt keine Wärme verstrahlte, und selbst vom Wasser schien ein eisiger Hauch aufzusteigen. Die Aufbauten der LEOPOLD waren mit einem weißen Schimmer bedeckt, und hier und da hatte sich sogar Eis gebildet. Im Norden, noch weit entfernt, glitzerte eine weiße Linie, wo eigentlich der Horizont sein sollte. Wenn man ganz genau hinsah, konnte man eine Anzahl winziger dunkler Punkte davor erkennen, die wie Perlen auf einer unsichtbaren Schnur hintereinander aufgereiht waren.

Ihre Begleiter ließen ihnen Zeit, sich umzusehen, gestatteten aber nicht, dass sie stehen blieben, sodass sie schon nach wenigen Augenblicken wieder zurück ins Innere des Schiffes traten und die Treppe zur Brücke hinaufgingen. Trotzdem reichte das für Mike, festzustellen, dass die NAUTILUS noch immer im Schlepptau hinter dem Kriegsschiff lag. Der Anblick gab ihm einen tiefen, schmerzhaften Stich. Die Rettung war so nahe und trotzdem unerreichbar.

Winterfeld erwartete sie wie üblich in seiner Kabine und er war nicht allein. Als sie eintraten, stand er zusammen mit zwei seiner Männer über eine riesige Karte gebeugt da, die seinen

ganzen Schreibtisch beanspruchte. Mike warf einen neugierigen Blick darauf, aber was er sah, verwirrte ihn völlig.

»Ah, unsere Gäste!«, begrüßte sie Winterfeld – mit einem Lächeln und in einem fröhlichen Ton, der der Situation überhaupt nicht angemessen schien. Er nickte den beiden Männern zu seiner Rechten zu, woraufhin diese schweigend die Kabine verließen.

»Bitte, sucht euch irgendwo einen Platz«, sagte er. »Und verzeiht das Durcheinander. Ich hasse nichts so sehr wie Unordnung, aber leider sind wir hier ein wenig eingeschränkt, was Platz angeht.«

Keiner von ihnen rührte sich – außer Serena, die sich suchend umsah und dann kurzerhand einen Stapel Papier von einem Stuhl fegte, um sich darauf niederzulassen. Winterfeld sah sie einen Moment lang stirnrunzelnd an, zuckte aber dann nur die Achseln und fuhr im selben fröhlichen Ton fort: »Nun, ich hoffe, die Bedenkzeit, die ich Ihnen gewährt habe, hat ausgereicht. Sind Sie zu einem Schluss gekommen?«

»Ja«, sagte Stanley böse. »Nämlich zu dem, dass Sie komplett verrückt sind, Winterfeld. Aber dazu hätte ich keine vier Tage gebraucht.«

»Denken Sie ebenso?« Winterfeld nahm die Beleidigung sichtlich ungerührt hin und wandte sich an Brockmann.

»Nicht ganz«, antwortete der deutsche Kapitän. »Aber die Antwort auf die Frage, ob ich mit Ihnen gemeinsame Sache gegen mein Vaterland machen will, lautet nein – wenn es das ist, was Sie wissen wollen.«

Winterfeld seufzte. »Es tut mir Leid, wenn Sie es so sehen«,

sagte er. »Die Wahrheit ist, dass ich weder gegen unser noch gegen das Land unseres britischen Kameraden vorgehen will oder gegen irgendein anderes. Mein einziger Feind ist der Wahnsinn, der im Augenblick von der ganzen Welt Besitz ergriffen hat. Und Sie, Herr Trautman, und Ihre Freunde?«

Trautman zögerte, sofort zu antworten. Sein Blick glitt wieder über die aufgehängten Karten und Tabellen und er sah plötzlich wieder besorgt und erschrocken drein wie beim ersten Mal, als sie hier gewesen waren. Vor allem die große Karte, die auf Winterfelds Schreibtisch lag, schien ihn zu beunruhigen. Mike fragte sich, ob er darin vielleicht mehr sah als er und die anderen. »Wenn ich wirklich wüsste, dass Sie diesen Krieg beenden könnten, würde ich zustimmen«, sagte er schließlich. »Aber das kann niemand. Auch Sie nicht.«

»Und wenn ich es Ihnen beweise?«, fragte Winterfeld.

Trautman schüttelte den Kopf. »Ich glaube, ich weiß, was Sie vorhaben«, sagte er. »Es wird nicht funktionieren, glauben Sie mir.«

Mike blickte Trautman aus großen Augen an und auch auf den Gesichtern der anderen spiegelten sich Überraschung und Unglauben.

»Sie wissen, was er vorhat?«, fragte Stanley.

Trautman ignorierte ihn. »Seien Sie vernünftig, Winterfeld«, sagte er. »Es kann nicht funktionieren – und selbst wenn, hieße es, den Teufel mit dem Beelzebub auszutreiben.«

»Wovon zum Teufel reden Sie überhaupt?«, fuhr Stanley auf. »Sie wissen, was dieser Kerl vorhat? Wenn es so ist, wieso haben Sie es uns nicht gesagt? Machen Sie am Ende doch gemeinsame Sache mit ihm?«

Trautman wollte antworten, aber Winterfeld unterbrach ihn mit einer Geste und wandte sich selbst an Stanley. »Ich muss Sie noch einmal bitten, die Form zu wahren, Kapitän Stanley«, sagte er, nun nicht mehr so freundlich wie bisher. »Sie werden gleich alles erfahren. Aus keinem anderen Grund sind wir schließlich hier. Aber zuerst möchte ich noch die anderen befragen.«

Mikes Herz begann schneller zu klopfen, als sich Winterfelds Blick nun auf ihn konzentrierte. Der Kapitän der LEOPOLD sagte nichts, aber das war auch gar nicht nötig. Mike hatte das Gespräch, das sie vor vier Tagen geführt hatten, nicht vergessen.

»Ich kann es nicht«, sagte er leise. »Ich kann meine Freunde nicht verraten.«

»Du würdest ihr Leben damit retten«, sagte Winterfeld ernst.

»Sagten Sie nicht, dass uns nichts passieren würde?«

Winterfeld lächelte, aber es war kein fröhliches Lächeln. »Ich sagte, dass euch *von mir* keine Gefahr droht«, antwortete er. »Und das ist die Wahrheit. Aber ich kann euch nicht garantieren, dass ihr davonkommt. Ich will ganz offen sein. Zu dem, was ich vorhabe, brauche ich die NAUTILUS. Meine Ingenieure haben das Schiff in den letzten Tagen gründlich untersucht und sie sind sicher, dass sie es steuern können. *Ich* bin dessen nicht so sicher wie sie. Ich fürchte, das Schiff könnte beschädigt werden, vielleicht sogar zerstört. Das muss nicht sein. Ich habe nichts gegen euch, Mike. Das hatte ich nie – auch wenn ich nicht von dir erwarte, dass du mir glaubst. Mein Angebot gilt nach wie vor: Helft mir meine Pläne zu verwirklichen und ich lasse euch gehen. Mit eurem Schiff.« Er hob die Hand, als Mike antworten wollte. »Überlegt es euch gut. Ich frage nicht noch einmal.«

»Vielleicht hätten Sie endlich die Güte, uns mitzuteilen, was Sie überhaupt vorhaben«, sagte Stanley scharf.

Winterfeld lächelte wieder. »Selbstverständlich. Obwohl ich mich ein wenig wundere, dass Sie nicht schon von selbst darauf gekommen sind. Herr Trautman jedenfalls hat es offensichtlich begriffen. Ich werde die Welt zwingen den Krieg zu beenden. Auf eine ganz einfache Art und Weise. Im Grunde haben Sie mir vorgemacht, wie es geht.«

»Wir?«, fragte Stanley. Brockmann sah Winterfeld nur schweigend an, aber auch in seinem Gesicht arbeitete es. Er blickte immer wieder zu der Karte vor Winterfeld, und Mike war jetzt fast sicher, dass er ebenso wie Trautman begriffen hatte, wovon Winterfeld sprach.

»Sie«, bestätigte Winterfeld und deutete auf Brockmann und Stanley. »Sie beide entstammen feindlichen Nationen. Sie sind Soldaten zweier Länder, die im Krieg miteinander liegen – und doch haben Sie sich zusammengetan, um gegen einen gemeinsamen Feind vorzugehen, nicht wahr?«

»Ich verstehe«, sagte Stanley spöttisch. »Sie wollen eine Flotte von Piratenschiffen aufbauen, die Europa bedroht. Wer hilft Ihnen noch dabei? Dschingis-Khans Horden? Oder vielleicht die Marsmenschen?«

»Ich hoffe, das ist nicht der viel gerühmte englische Humor«, sagte Winterfeld. »Wenn ja, wird er hoffnungslos überschätzt. Aber um Ihre Frage zu beantworten: Nein, das habe ich nicht vor. Aber ich werde diesen Wahnsinnigen in Europa einen Feind gegenüberstellen, der sie zwingt zusammenzuarbeiten. Ob sie es wollen oder nicht. Glauben Sie mir – in wenigen Tagen schon

wird niemand mehr auch nur daran denken, auf seinen Nachbarn zu schießen.«

»Und wieso nicht?«, fragte Stanley.

»Weil jedermann in Nordeuropa dann damit beschäftigt sein wird, irgendwie am Leben zu bleiben«, antwortete Trautman an Winterfelds Stelle. Er deutete auf die Karte. »Sehen Sie sich die Karte an, Stanley. Erkennen Sie sie?«

Stanley trat neugierig näher an den Schreibtisch heran, musterte die Karte einige Sekunden lang und schüttelte dann den Kopf. »Nein«, sagte er.

»Nun, das erstaunt mich nicht«, sagte Winterfeld. Er lächelte Trautman zu. »Ebenso wenig, wie es mich erstaunt, dass Sie sie kennen. Schließlich stammt sie aus Ihrem Schiff. Sie hat uns sehr geholfen. So wie einige andere Unterlagen, die wir auf der NAUTILUS gefunden haben.«

Trautmans Miene verdüsterte sich. Er schwieg.

»Was ist das für eine Karte?«, fragte Stanley.

»Eine Seekarte«, antwortete Winterfeld. »Aber keine von der Art, mit der Sie normalerweise umgehen müssen, Mister Stanley. Sie zeigt den Meeresgrund. Ungefähr dort, wo wir uns jetzt befinden – genauer gesagt, dort, wo wir in gut zwei Stunden sein werden. Ich selbst verfüge über ähnliche Karten, auch wenn ich zugeben muss, dass sie nicht annähernd so präzise sind. Aber sie bestätigt die Richtigkeit meiner Berechnungen. Mit Hilfe dieser Karte und der NAUTILUS bin ich in der Lage, mein Vorhaben durchzuführen.«

»Welches Vorhaben?«, fragte Stanley.

»Ganz Europa zu vernichten«, sagte Trautman leise.

Winterfeld sagte nichts, aber Stanley fuhr wie unter einem Hieb zusammen und selbst Brockmann verlor für eine Sekunde seine Beherrschung und richtete sich kerzengerade auf. Einer der Soldaten, die sie in die Kabine begleitet hatten, griff nach seinem Gewehr, aber Winterfeld machte eine rasche, beruhigende Geste. Brockmann entspannte sich wieder.

»Sie übertreiben, Herr Trautman«, sagte er ruhig. »Ich gebe zu, dass es hart wird. Mit gewissen Opfern muss gerechnet werden, aber –«

»Gewissen Opfern?« Trautman schrie fast. »Sie sind ja völlig wahnsinnig! Wie viele Menschen werden sterben, glauben Sie? Hunderttausende? Millionen?«

»Nicht annähernd so viele wie in diesem irrsinnigen Krieg!«, antwortete Winterfeld zornig. »Wachen Sie auf, Trautman! Das ist kein kleiner Krieg, wie wir ihn in der Vergangenheit erlebt haben! Die ganze Welt steht in Flammen und es beginnt erst!«

»Ja, und Sie werden diese Flammen unter einem Eispanzer ersticken, wie?« Trautman fuhr auf dem Absatz herum und wandte sich an Stanley und Brockmann. »Wissen Sie, was dieser Wahnsinnige vorhat? Er will eine neue Eiszeit auslösen. Das ist der gemeinsame Feind, den er Europa gegenüberstellen will!«

»Wie bitte?«, keuchte Stanley. Seine Augen quollen ihm förmlich aus den Höhlen. »Das ist doch völlig unmöglich!«

»Keineswegs«, antwortete Winterfeld. »Es ist sogar ganz einfach, Herr Kollege. Ich erkläre es Ihnen gerne.« Er legte die gespreizten Finger der Linken auf die Karte und deutete mit der anderen Hand hinter sich, wo eine zweite, normale Seekarte hing, die die gesamte nördliche Hemisphäre zeigte.

»Ich muss ein wenig ausholen, aber keine Sorge, es dauert nicht lange. Die Idee ist im Grunde ganz simpel. Ich bin nicht der Erste, der darauf kommt. Aber vielleicht der Erste, der die Möglichkeiten hat, sie in die Tat umzusetzen.«

Er legte eine kurze Pause ein und fuhr dann in etwas leiserem Ton fort. »Ich nehme an, jeder hier im Raum weiß, was der Golfstrom ist, nämlich eine warme Meeresströmung, die irgendwo vor der Küste Südamerikas beginnt, den Atlantik überquert und die gesamte afrikanische und nordeuropäische Küste mit warmer Luft versorgt. Niemand weiß bis heute genau, wo der Golfstrom entsteht, oder gar, warum, aber Tatsache ist, dass diese warme Luft seit Zehntausenden von Jahren für das europäische Klima verantwortlich ist.«

»Wieso?«, fragte Ben.

»Nun, wenn du einmal einen Blick auf den Globus wirfst, dann wirst du feststellen, dass es in Nordeuropa eigentlich wärmer ist, als es sein dürfte«, antwortete Winterfeld. »Und zwar viel wärmer.«

»Also, mir kommt es die meiste Zeit ziemlich kalt vor«, antwortete Ben.

Winterfeld lächelte flüchtig. »Aber das ist es nicht«, antwortete er. »Im Gegenteil. Der Norden Deutschlands, zum Beispiel, liegt etwa auf dem gleichen Breitengrad wie Moskau und dort ist es die meiste Zeit *ziemlich* kalt. Im Grunde müssten Deutschland, Frankreich, Teile von Spanien – und erst recht deine Heimat England, mein lieber Junge – dasselbe Klima haben wie Sibirien, und das hieße, acht Monate Winter und vier Monate etwas, was *kein* Winter ist, aber den Namen Sommer auch nicht wirklich

verdient. Dass das nicht so ist, liegt einzig und allein an der warmen Luft, die der Golfstrom nach Europa trägt. Und das werde ich ändern.«

»Jetzt weiß ich genau, dass Sie verrückt sind«, sagte Stanley.

»Nicht im Mindesten«, antwortete Winterfeld ungerührt. »Sehen Sie, es ist im Grunde ganz simpel. Das Seegebiet, dem wir uns nähern, ist nämlich zum Großteil dafür verantwortlich, dass der Golfstrom überhaupt so weit reicht. Eigentlich müsste er irgendwo vor der afrikanischen Küste auf den Kontinentalsockel treffen und dort auseinander brechen. Dass er es nicht tut, liegt an *dieser* Meeresformation.« Seine gespreizte Hand berührte die Karte.

»Wir sind hier am Polarkreis, Mister Stanley. Und das bedeutet, dass eisige Luft aus dem Norden herbeiströmt und das Wasser abkühlt. Sie wissen, was mit Wasser geschieht, das kalt wird?«

»Es gefriert«, sagte Chris.

»Ja, das stimmt«, antwortete Winterfeld. »Aber zuerst einmal wird es *schwerer.*«

»Blödsinn«, sagte Ben. »Eis schwimmt oben, oder?«

»Eis ja«, bestätigte Winterfeld. »Kaltes Wasser, nein. So wie warme Luft nach oben steigt, weil sie leichter ist als kalte, so ist kaltes Wasser schwerer als warmes. Und hier geschieht nun etwas, was in dieser Form und Größe auf der ganzen Welt einmalig sein dürfte: Die kalte Polarluft kühlt das warme Wasser, das der Golfstrom heranträgt, rasend schnell ab. Es beginnt zu sinken, und zwar durch die warmen Wasserschichten in der Tiefe hindurch und sehr schnell. Auf diese Weise entsteht ein

Sog, eine Art Wasserfall im Meer, wenn du so willst. Hier, an der Meeresoberfläche, spürt man kaum etwas davon, aber schon hundert Meter tiefer toben Gewalten, die jedes Schiff zerreißen würden.«

»Außer der NAUTILUS«, sagte Trautman.

»Außer der NAUTILUS«, bestätigte Winterfeld. »Zumindest hoffe ich das.«

»Und Sie haben vor, diesen Sog zu unterbrechen?« Ben schüttelte zweifelnd den Kopf. »Dazu dürfte nicht einmal die NAUTILUS ausreichen.«

»Sie nicht«, sagte Winterfeld, »aber etwas, was ich dort unten auf dem Meeresgrund entdeckt habe. Ich habe die ganze Zeit vermutet, dass es dort ist, aber diese Karte hier gibt mir die Gewissheit, dass es existiert.«

»Und was?«, fragte Ben.

»Ein Vulkan«, antwortete Trautman. »Ein gewaltiger, unterseeischer Vulkan.«

Ben keuchte. »Und Sie wollen ihn –«

»Zum Ausbruch bringen, ja«, unterbrach ihn Winterfeld.

»Deshalb also die Überfälle«, murmelte Brockmann. »Dazu haben Sie all diesen Sprengstoff gebraucht.«

»Mehr als hunderttausend Tonnen«, bestätigte Winterfeld. »Ich habe insgesamt sieben Schiffe, die bis unter das Deck mit Sprengstoff beladen sind. Wenn ich sie auf den Meeresboden versenke und exakt im selben Moment sprenge, wird der Vulkan ausbrechen.«

»Das kann nie und nimmer funktionieren«, sagte Stanley überzeugt. »Der Vulkan wird ausbrechen – und? Das Wasser

wird warm und dann wieder kalt. Sie haben es selbst gesagt – vom Pol strömt ununterbrochen kalte Luft herbei. Vielleicht wird es zwei Tage lang kälter in Europa, aber –«

»Er hat Recht, Stanley«, unterbrach ihn Trautman leise. »Sie verstehen immer noch nicht.« Er deutete mit einer müden Geste auf die Karte. »Es reicht vollkommen, den Sog einmal zu unterbrechen. Und selbst wenn nicht – es würde kälter. *Hier.*«

»Und?«, fragte Stanley verständnislos.

»Sie haben nicht zugehört, mein lieber Freund«, sagte Winterfeld lächelnd. »Der Trick ist, dass es hier *nicht kalt genug* ist. Aber das wird es, so oder so. Ein Vulkanausbruch dieser Größe wird Millionen Tonnen Staub in die Stratosphäre schleudern. Für Wochen, vielleicht für Monate, wird die Sonne nicht mehr scheinen. Und Dunkelheit bedeutet Kälte. Wäre es hier nur ein wenig kälter, würde das Wasser zu Eis gefrieren, ehe es sinken könnte. Der unterseeische Wasserfall würde aufhören zu fließen.«

»Und damit der Golfstrom abreißen«, flüsterte Brockmann. »Europa würde eine neue Eiszeit erleben.«

»Ja«, bestätigte Winterfeld. »Ich maße mir nicht an, die Welt umbauen zu können. Früher oder später wird die Natur die alte Ordnung wiederherstellen, dessen bin ich sicher. Es wird ein sehr langer und sehr kalter Winter werden – nach meinen Berechnungen zwischen fünf und fünfzehn Jahren. Nicht länger. Aber das ist lange genug, um diesen Irrsinn zu beenden.«

»Wissen Sie eigentlich, was Sie da reden?«, fragte Trautman. Seltsamerweise war seine Stimme ohne jeden Vorwurf. Er klang einfach nur müde – und so, als wisse er genau, wie wenig seine

Worte nutzen konnten. »Sie sprechen vom Ende unserer Zivilisation. Zumindest in der Form, wie wir sie kennen. Keine Nation in Europa kann eine Eiszeit überstehen, selbst wenn sie *nur* fünfzehn Jahre andauert.«

»Und wenn?«, fragte Winterfeld. »Welches Recht zum Überleben hat eine Zivilisation, deren ganzes Streben darin besteht, immer neue und immer schrecklichere Waffen zu erfinden, mit der sie sich noch schneller selbst auslöschen kann?«

»Und welches Recht haben Sie, über das Schicksal von Millionen Menschen zu entscheiden?«, fragte Serena.

Winterfeld starrte sie an, aber Serena hielt seinem Blick ruhig stand, und schließlich war es Winterfeld, der das stumme Duell verlor. Mit einem Ruck senkte er den Blick.

»Mein Entschluss steht fest«, sagte er. »Ich werde diesen Krieg beenden, so oder so. Ihr könnt mir dabei helfen und mit ziemlicher Sicherheit mit dem Leben davonkommen oder es nicht tun und mit großer Wahrscheinlichkeit sterben.« Er atmete hörbar ein, sah wieder auf und blickte herausfordernd von einem zum anderen.

»Ich wiederhole mein Angebot ein letztes Mal«, sagte er. »In zwei Stunden erreichen wir die Position der anderen Schiffe und morgen früh, bei Sonnenaufgang, beginnen wir damit, sie zu versenken. Es ist eure Entscheidung, ob ihr dann in einem Rettungsboot der LEOPOLD sitzen und vor dem Vulkan fliehen werdet oder an Bord der NAUTILUS.«

»So ganz verstanden habe ich das alles nicht«, gestand Chris, als sie wieder zurück in ihrer Kabine waren. »Das ... das kann doch alles überhaupt nicht wahr sein.«

»Ich fürchte doch«, antwortete Trautman düster. Er hatte damit begonnen, wie ein gefangener Tiger in der Kabine auf und ab zu gehen, und er sah Chris auch nicht an, als er ihm antwortete, sondern starrte kopfschüttelnd ins Leere. Selbst seine Hände bewegten sich unentwegt, als könnte er sie nicht mehr still halten. »Ich habe geahnt, dass er etwas Verrücktes vorhat, schon als ich die Karten an seinen Wänden gesehen habe. Aber das –«

»Ist vollkommener Unsinn!«, behauptete Stanley. »Kein Mensch auf der Welt ist in der Lage, eine neue *Eiszeit* auszulösen.«

Trautman hielt in seinem ruhelosen Herumgehen inne und sah Stanley fast feindselig an. »Sie haben doch gehört, was er gesagt hat«, sagte er. »Sind Sie wirklich so dumm oder haben Sie einfach nur Angst davor, zuzugeben, dass er Recht haben könnte?«

»Vielleicht gelingt es ihm ja nicht, eine neue Eiszeit heraufzubeschwören«, sagte Brockmann, »aber auf jeden Fall wird er eine unvorstellbare Katastrophe hervorrufen, bei der Tausende von Menschen ums Leben kommen können. Wir müssen ihn aufhalten.«

»Ein famoser Plan«, sagte Stanley hämisch. »Und wie?«

»Das weiß ich nicht«, gestand Brockmann. »Aber irgendwie *muss* es gelingen.«

»Wir könnten zum Schein auf sein Angebot eingehen«,

schlug Juan vor. »Ihr habt gehört, was er gesagt hat. Er braucht die NAUTILUS. Und ich glaube ihm kein Wort, wenn er behauptet, selbst damit zurechtzukommen.«

»Winterfeld ist seit dreißig Jahren Seemann«, sagte Brockmann.

»Das spielt keine Rolle«, antwortete Juan überzeugt. »Die NAUTILUS ist mit nichts zu vergleichen, was Sie kennen. Sie ist viel komplizierter als irgendein anderes Schiff auf der Welt. Er braucht uns. Wenn das nicht so wäre, würde er sich keine solche Mühe geben, uns zur Mitarbeit zu überreden.«

Trautman schüttelte den Kopf. »Ich fürchte, ich muss dich enttäuschen, Juan«, sagte er. »Sicherlich wird er die NAUTILUS niemals so beherrschen wie wir. Aber das muss er auch nicht. Er muss nur ein einziges Mal auf den Meeresgrund hinuntertauchen – und das ist sogar relativ einfach. Vergiss nicht, dass die NAUTILUS sich zum Großteil selbst steuert.«

»Dann ist es umso wichtiger, dass jemand von uns an Bord ist!«, sagte Ben. »Juan hat Recht – wir gehen zum Schein auf sein Angebot ein, und im richtigen Moment –«

»Winterfeld ist kein Dummkopf«, unterbrach ihn Mike. »Er wird ganz genau damit rechnen und entsprechende Vorkehrungen treffen.«

»Das stimmt«, sagte Brockmann. »*Ich* würde jedenfalls so handeln.«

»Na wunderbar«, sagte Stanley. »Dann können Sie uns ja vielleicht auch sagen, wie wir diesen Verrückten aufhalten?«

Brockmann würdigte ihn keiner Antwort. Er spürte wohl, dass Stanleys Feindseligkeit nicht ihm galt, sondern nur ein Ausdruck

seiner Hilflosigkeit war. Und trotz allem, was Stanley ununterbrochen versicherte, wusste er wohl im Grunde ganz genau, dass Winterfelds Vorhaben *nicht* so aussichtslos und verrückt war, wie er es gerne gehabt hätte.

»Aber er *kann* doch keinen Erfolg haben, oder?«, fragte Chris noch einmal. Seine Stimme zitterte ein bisschen und seine Augen waren groß vor Angst. Er blickte Trautman an und es war klar, dass er diese Frage nur gestellt hatte, damit Trautman sie verneinte.

»Ich weiß es nicht«, gestand Trautman, nachdem er Chris wortlos und sehr ernst angesehen hatte. »So wie die Dinge liegen, ist alles möglich. Im besten Fall gibt es nur einen großen Knall und sonst nichts. Aber im schlimmsten könnte sein Plan aufgehen. Und das würde eine unvorstellbare Katastrophe bedeuten.«

»Und welche?«, erkundigte sich Serena. Sie war die Einzige, die kaum Anzeichen von Schrecken gezeigt hatte, und ihre Frage klang auch jetzt eher interessiert als ängstlich.

»*Genau* kann das niemand voraussagen«, antwortete Trautman. »Wenn der Golfstrom abreißt, würde es in Europa eisig kalt werden. Und das ist nicht einmal das Schlimmste. Hinzu käme die Rauch- und Aschewolke des Vulkans, den Winterfeld zum Ausbruch bringen will. Unter Umständen könnte monatelang die Sonne nicht scheinen. Es wäre möglich, dass ganz Europa einen zehn Jahre langen Winter erlebt. Den härtesten Winter, den du dir nur vorstellen kannst. England, Irland, ganz Skandinavien und vielleicht sogar ein Teil des europäischen Festlandes würden im wahrsten Sinne des Wortes unter einem Eispanzer

verschwinden. Die Nordsee würde zufrieren und die meisten Flüsse ebenso.« Er seufzte. »Ja, Winterfeld könnte sein Ziel erreichen – der Krieg wäre zu Ende.«

»Und wenn er nun Recht hat?«, fragte Serena. »Ich meine, wenn es wirklich das kleinere Übel wäre?«

Alle starrten sie bestürzt an, aber Serena fuhr in nachdenklichem Ton fort. »Ich weiß noch immer nicht viel von eurer Welt und euren Sitten, aber das, was ich bisher erlebt habe, das erschreckt mich manchmal. Die Menschen töten sich gegenseitig und nicht nur einige wenige, sondern Tausende. In meiner Welt wäre das unvorstellbar gewesen. Wäre es so schlimm, sie daran zu hindern?«

»Auf diese Weise, ja«, antwortete Trautman ernst. »Wenn geschieht, was Winterfeld hofft, wäre nicht nur der Krieg beendet. Millionen Menschen würden erfrieren und verhungern, Serena. Unsere Kultur mag weit entwickelt sein, aber sie ist auch sehr empfindlich. Manchmal reicht schon ein einziger harter Winter, um die Versorgung eines Landes zusammenbrechen zu lassen. Eine einzige schlechte Ernte führt bereits zu Hungersnöten und manchmal kostet ein einziges Unwetter schon Hunderte von Menschenleben. Wir halten uns nur zu gerne für die Herren der Welt, aber die Wahrheit ist, dass wir den Naturgewalten kaum weniger ausgesetzt sind als unsere Vorfahren.«

»Sie würden nicht aufhören sich zu bekämpfen«, sagte Mike. »Die Menschen würden nicht mehr aufeinander schießen, weil man es ihnen befiehlt. Aber sie würden es tun, weil sie Hunger haben. Selbst wenn Winterfeld Erfolg hat, macht er alles nur noch schlimmer. Es gibt nur eine andere Art von Krieg – nicht

mehr Nation gegen Nation, sondern Nachbar gegen Nachbar und Bruder gegen Bruder. Auch wenn er Recht hat und es nur fünf Jahre dauert – Europa würde hinterher nicht mehr existieren.«

Serena sah ihn an. Sie antwortete nicht, aber Mike konnte regelrecht sehen, wie es hinter ihrer Stirn zu arbeiten begann. Sie wirkte plötzlich sehr traurig, aber da war noch etwas anderes in ihrem Blick, etwas, was Mike seltsam berührte und ihn mit einem Gefühl der Scham erfüllte, das er im ersten Moment nicht verstand.

Es war nicht das erste Mal, dass er sich fragte, wie Serena seine Welt wirklich sah. Sie waren jetzt so lange zusammen, dass er manchmal zu vergessen begann, was Serena *wirklich* war, aber in Augenblicken wie diesen wurde es ihm immer wieder bewusst und meist auf sehr schmerzhafte Weise. Ganz plötzlich begriff er, dass das wenigste, was er Serena bisher von seiner Welt gezeigt hatte, gut gewesen war. Sie war als Prinzessin und zukünftige Herrscherin einer Welt des Friedens und der Eintracht in ihren gläsernen Sarg gestiegen und sie hatte sich in einer Zukunft wiedergefunden, die fast ausschließlich aus Gewalt, aus Hass, aus Furcht und Neid bestand – zumindest war es das, was sie im Laufe des vergangenen Jahres immer wieder erlebt hatte.

»Aber wenn das so ist, warum tut er es dann?«, fragte Serena. »Er muss doch wissen, was geschieht!«

»Ich fürchte, in einem Punkt hatte Kapitän Stanley Recht«, sagte Mike. »Winterfeld hat den Verstand verloren. Ich glaube, dass Pauls Tod ihn innerlich zerbrochen hat. Er will nur noch den Krieg beenden, weil er ihm seinen Sohn genommen hat, und es ist ihm völlig egal, um welchen Preis.«

Ungefähr eine Stunde vor Sonnenuntergang erreichte die LEOPOLD die Position, an der die anderen Schiffe auf sie warteten. Es waren sieben vollkommen unterschiedliche Schiffe – zwei gewaltige Frachter, die beinahe die Abmessungen der LEOPOLD selbst hatten, aber auch eine Anzahl kleinerer Schiffe, alle deutscher, britischer und französischer Abstammung.

Winterfeld hatte sie wieder aus ihrer Unterkunft holen lassen, empfing sie aber jetzt nicht in seiner Kabine, sondern an Deck. Angesichts der Kälte und des schneidenden Windes hatten sie sich alle in die warmen Felljacken gehüllt, die ihnen Winterfelds Soldaten ausgehändigt hatten, und auch ihre Bewacher waren der Witterung angemessen gekleidet. Nur Winterfeld selbst trug nichts als eine weiße Paradeuniform, von der er, ebenso wie von allen anderen Kleidungsstücken, die er besaß, seine militärischen Rangabzeichen entfernt hatte. Er musste in dem dünnen Stoff erbärmlich frieren, aber er ließ sich nichts davon anmerken, sondern empfing sie in tadelloser Haltung und stand fast eine Minute vollkommen reglos da, während sein Blick aufmerksam über das Gesicht jedes Einzelnen glitt. Und schon ein einziger Blick in seine Augen machte Mike klar, dass ihre Diskussion von soeben vollkommen sinnlos gewesen war: Es hätte überhaupt keinen Zweck, Winterfeld belügen zu wollen. Er würde es sofort erkennen.

»Nun?«, begann er. »Haben Sie sich entschieden? Mister Stanley?«

»Gehen Sie zum Teufel«, sagte Stanley grob.

Winterfeld lächelte, deutete ein Achselzucken an und wandte sich an seinen deutschen Kameraden, um ihm dieselbe Frage zu

stellen. Von ihm bekam er erst gar keine Antwort. Er ging auch darauf mit keinem Wort ein, sondern drehte sich zu Trautman herum.

»Ich hoffe, Sie sind etwas vernünftiger als meine geschätzten Kollegen«, sagte er. »Bitte bedenken Sie, dass Sie nicht nur über *Ihr* Leben entscheiden, sondern auch über das der Kinder.«

»Lassen Sie sie gehen«, sagte Trautman, ohne dabei direkt auf Winterfelds Frage zu antworten. »Ich beschwöre Sie, Winterfeld – verschonen Sie sie! Ich bleibe hier und Sie können mit mir machen, was Sie wollen, aber lassen Sie die Kinder gehen!«

»Als *was* bleiben Sie hier?«, erkundigte sich Winterfeld. »Als mein Gefangener oder als Steuermann der NAUTILUS?«

»Nein«, sagte Serena, ehe Trautman antworten konnte. »Diese Aufgabe werde ich übernehmen.«

Mike starrte sie ungläubig an. Ein Gefühl, das beinahe an Entsetzen grenzte, begann sich in ihm breit zu machen. Für einen Moment weigerte er sich einfach zu glauben, was er gehört hatte. Und auch die anderen blickten Serena mit einer Mischung aus Überraschung, Staunen und Erschrecken an. Selbst Winterfeld verlor für einen Augenblick seine Fassung.

»Wie?«, fragte er.

»Ich werde die NAUTILUS steuern«, wiederholte Serena. »Unter der Bedingung, dass Sie mir Ihr Ehrenwort geben, dass Mike und den anderen nichts geschieht.«

»Nie und nimmer!«, sagte Mike impulsiv. »Das lasse ich nicht zu! Nicht du!«

Und das war das Falscheste, was er in diesem Moment überhaupt hatte sagen können. Er begriff es im selben Moment, in

dem er die Worte aussprach, aber es war zu spät. Winterfelds Blick wanderte von ihm zu Serena und wieder zurück und Mike konnte regelrecht sehen, wie es hinter seiner Stirn *klick* machte.

»So ist das also«, sagte er und lächelte. »Ja, ich hätte eigentlich schon von selbst darauf kommen müssen. Die Art, wie ihr euch anseht und miteinander umgeht ...«

Er lächelte noch breiter, wandte sich wieder an Serena und schüttelte den Kopf.

»Dein Angebot freut mich, aber ich fürchte, ich kann es nicht annehmen.«

»Wieso?«, fragte Serena.

»Weil ich dir nicht traue«, antwortete Winterfeld offen. »Siehst du, ich weiß sehr wohl, was du bist – und wozu du *fähig* bist. Immerhin hast du es mir schon einmal auf sehr drastische Weise bewiesen. Ich möchte wirklich nicht gerne allein mit dir auf einem Schiff sein.«

»Aber Serena ist gar nicht mehr –« begann Chris, wurde aber sofort von Trautman unterbrochen:

»Nicht mehr so unbeherrscht wie früher.« Er warf Chris einen beschwörenden Blick zu. Winterfeld glaubte ja noch immer, dass Serena im Besitz ihrer magischen Kräfte war, mit denen sie einst in der Lage gewesen war, ganze Stürme zu entfesseln. Und sie waren übereingekommen, ihn in diesem Glauben zu belassen.

»Das glaube ich gerne«, antwortete Winterfeld. »Trotzdem – ich selbst weiß am besten, wozu verzweifelte Menschen imstande sind. Nein, ich kann dein Angebot nicht annehmen. Aber du wirst an ihrer Stelle auf die NAUTILUS gehen.«

Er deutete auf Mike.

»Was?«, machte Mike überrascht. »Ich? Niemals!«

»O doch«, antwortete Winterfeld. »Du wirst es tun, weil du das Leben deiner Freunde retten willst.« Er trat einen Schritt zur Seite und deutete auf die kleine Flotte, die in einer Reihe neben der LEOPOLD lag. »Es ist alles vorbereitet. Alles, was ich von dir verlange, ist, ein einziges Mal mit der NAUTILUS auf den Meeresgrund hinabzutauchen. Sobald wir zurück sind, übergebe ich euch euer Schiff und ihr könnt euch in Sicherheit bringen. Deine Freunde werden inzwischen hier auf uns warten.«

»Und wenn ich mich weigere?«, fragte Mike herausfordernd.

Winterfeld zuckte gleichmütig mit den Schultern. »Das wirst du nicht«, sagte er. »Und selbst wenn – es würde nichts ändern. Die Schiffe werden in zehn Stunden, von jetzt an gerechnet, versenkt und gesprengt – ob die NAUTILUS zurückkehrt oder nicht. Deine Freunde würden sich dann allerdings in einem kleinen Rettungsboot wiederfinden, von dem ich, ehrlich gesagt, nicht glaube, dass es die Katastrophe heil übersteht. Du siehst also, es liegt ganz bei dir.«

»Das ist Erpressung«, sagte Mike.

»Wenn du es so nennen willst.« Winterfeld zuckte abermals mit den Schultern. »Ich nenne es ein Geschäft. Und nun würde ich vorschlagen, dass wir nicht noch mehr kostbare Zeit verlieren, sondern uns an die Arbeit machen.«

»Jetzt?«, fragte Mike überrascht.

»Warum nicht? Es gibt keinen Grund mehr, länger zu warten. Im Gegenteil. Unsere Zeit ist reichlich knapp.«

Mikes Gedanken überschlugen sich – obwohl er im Grunde

bereits wusste, dass ihm gar keine andere Wahl mehr blieb, als auf Winterfelds Forderung einzugehen. Verzweifelt wandte er sich an Serena.

»Warum hast du das getan?«, fragte er. »Er hätte uns niemals zwingen können, ihm zu helfen!«

»Aber das kann er doch auch jetzt noch nicht«, antwortete Serena verwirrt. »Wo ist denn der Unterschied?«

»Der Unterschied ist«, sagte Winterfeld, »dass dein Freund jetzt auf jeden Fall überleben wird. Ich glaube, ihr wärt in der Lage gewesen, alle zusammen in den Tod zu gehen, nur um mich aufzuhalten, aber nun ...«

»Das können wir immer noch!«, sagte Ben entschlossen.

»Nein«, widersprach Winterfeld. »Ihr vielleicht – aber er nicht. Und genau aus diesem Grund wird er mir helfen.« Er wandte sich mit einem grausamen Lächeln wieder an Mike. »Oder?«, fragte er. »Ich müsste mich sehr in dir täuschen, wenn du wirklich mit dem Wissen weiterleben könntest, schuld am Tod deiner Freunde zu sein.«

»Sie ... Sie Ungeheuer«, sagte Trautman. »Ich dachte bisher, dass Sie vielleicht verrückt sind, aber trotzdem noch einen Funken Anstand im Leib haben. Aber ich scheine mich getäuscht zu haben.«

»Ja, das scheint wohl so«, sagte Winterfeld gelassen. »Also – gehen wir.«

Trotz allem war es ein beruhigendes und sehr wohltuendes Gefühl, wieder an Bord der NAUTILUS zu sein. Wie seine Freunde hatte Mike die letzten anderthalb Jahre zum größten

Teil auf dem Tauchboot verbracht und das Schiff war für ihn die Heimat geworden, die er niemals gehabt hatte. Das leise Surren der Motoren, das Rauschen des Wassers, das am stählernen Rumpf der NAUTILUS vorbeiglitt, und das beständige leise Knistern und Knacken, mit dem das Schiff auf den allmählich ansteigenden Wasserdruck reagierte, das waren für ihn vertraute Geräusche, mit denen das Schiff ihn nach tagelanger Abwesenheit zu begrüßen schien. Nicht einmal Winterfelds Männer, die allgegenwärtig zu sein schienen, konnten daran etwas ändern.

Ganz langsam glitt die NAUTILUS in die Meerestiefe hinab. Vor dem großen Aussichtsfenster war noch ein blasser Schimmer von dunkelgrünem Licht zu sehen, der aber allmählich schwächer wurde. Das Schiff näherte sich den Bereichen des Meeres, in die das Sonnenlicht nicht mehr hinuntertraf. Unter ihnen lag nichts als ein schwarzer, Tausende von Metern tiefer Abgrund, in dem ewige Nacht herrschte – aber keineswegs Ruhe.

Noch merkte man es dem Schiff nicht an, aber die Werte, die Mike auf den Instrumenten des Kontrollpultes ablas, machten ihm klar, dass Winterfelds Theorie stimmte – sie näherten sich einem Bereich, in dem ein enormer Sog herrschte. Rings um sie herum stürzte das Wasser regelrecht in die Tiefe. Und die Gewalt dieser unterseeischen Strömung nahm rasch zu. Mike machte sich keine Sorgen um die NAUTILUS – sie waren schon auf viel heftigere Strömungen und Wirbel gestoßen und würden auch damit fertig werden –, aber er begann zu ahnen, dass Winterfelds Plan, so verrückt er ihm auch immer noch vorkam,

vielleicht aufgehen mochte. Zumindest ein *Teil* seiner Theorie stimmte. Und wenn der Rest auch zutraf ...

Nein, daran wollte er lieber gar nicht erst denken.

Solltest du aber, sagte eine Stimme in seinen Gedanken. *Ehrlich gesagt habe ich nur die Hälfte von dem, was du mir erzählt hast, kapiert. Aber wenn es tatsächlich das bedeutet, von dem ich annehme, dass es bedeutet, dann habt ihr Probleme.*

Mike löste seinen Blick kurz von den Steuerinstrumenten und sah Astaroth an. Der einäugige schwarze Kater hatte es sich auf seinem Schoß bequem gemacht und schnurrte wohlig; vor allem, weil Mike von Zeit zu Zeit eine Hand von den Kontrollinstrumenten löste und ihn zwischen den Ohren kraulte. Von Astaroths penetranter Weigerung, sich wie ein Haustier behandeln und *streicheln* zu lassen, war nicht mehr viel geblieben. Ganz im Gegenteil – der Kater war regelrecht über Mike hergefallen, als dieser an Bord gekommen war, und hatte nicht eher Ruhe gegeben, bis er ihn ausgiebig gestreichelt und begrüßt hatte. Mike hütete sich, eine entsprechende Frage zu stellen, aber er nahm an, dass Winterfelds Leute ihn nicht besonders gut behandelt hatten – oder dass er schlichtweg einsam gewesen war. Zwar war er zusammen mit Isis in einer Kabine eingesperrt gewesen, aber Isis war trotz allem nur eine ganz normale Katze, während Astaroth zweifellos ein denkendes, hochintelligentes Wesen war, das nur *aussah* wie eine gewöhnliche Katze.

Das haben wir, antwortete Mike auf dieselbe lautlose Weise. Er war nicht allein im Salon der NAUTILUS und bisher hatte offenbar noch niemand hier gemerkt, was Astaroth wirklich war. Und das sollte nach Möglichkeit auch so bleiben. *Vor allem ich.*

Ich verstehe Serena nicht. Warum hat sie das nur getan?

Vielleicht, um am Leben zu bleiben?, schlug Astaroth vor.

Kaum, antwortete Mike. *Sie weiß ebenso gut wie ich, was geschieht, wenn Winterfeld Erfolg hat. Sie würde niemals Millionen von Menschenleben opfern, um sich zu retten.*

Aber vielleicht, um dich zu retten, Dummkopf, sagte Astaroth.

»Wie meinst du das?« Mike starrte den Kater überrascht an. Zwei der Männer neben ihm sahen auf und runzelten verwirrt die Stirn, denn Mike hatte die Worte laut ausgesprochen, sodass er hastig und noch lauter hinzufügte: »Wenn du das noch einmal machst, fliegst du runter. Ich lasse mich nicht beißen.«

Gut reagiert, sagte Astaroth. *Abgesehen davon, dass sie dich jetzt für verrückt halten, mit einer Katze zu sprechen.*

Was hast du damit gemeint?, beharrte Mike, nun wieder lautlos, aber mit noch größerem Nachdruck.

Genau das, was ich gesagt habe, antwortete Astaroth. *Außerdem weißt du es ganz genau. Also stell dich nicht noch dümmer an, als du sowieso schon bist. Und wenn du es genau wissen willst – ich bin ziemlich sicher, dass sie Winterfeld nicht geholfen hätte.*

Sondern?

Sondern, sondern, maulte Astaroth. *Muss man dir eigentlich jeden Gedanken vorkauen? Was denkst du wohl, hatte sie an Bord des Schiffes vor? Winterfeld helfen? Bestimmt nicht.*

Aber was denn sonst?

Ich bin nicht sicher, antwortete Astaroth, *aber ich denke daran, dass es an Bord der NAUTILUS eine Selbstvernichtungsanlage gibt.*

Wie?, fragte Mike erschrocken.

Ehe du fragst – ich habe keine Ahnung, wie sie funktioniert. Aber ich weiß, dass sie existiert. Ein Druck auf einen bestimmten Knopf – und peng. Kein Winterfeld und keine Eiszeit mehr.

Und keine Serena, dachte Mike. Die Worte waren nicht für Astaroth bestimmt, und der Kater antwortete auch nicht, aber er sah Mike aus seinem einen, gelbleuchtenden Auge sehr ernst an. Mike verspürte ein eisiges Frösteln – und abermals ein Gefühl von Scham, als er daran dachte, dass er Serena tatsächlich verdächtigt hatte, aus Angst gehandelt zu haben. Das genaue Gegenteil war der Fall. Das musste die Erklärung sein: sie hatte vorgehabt, die NAUTILUS zu zerstören, sobald sie zusammen mit Winterfeld an Bord war.

»Ich will nicht drängeln«, drang eine Stimme in seine Gedanken, »aber wir sind bereits ziemlich tief. Solltest du dich nicht lieber um das Schiff kümmern, statt mit der Katze zu spielen?«

Mike fuhr erschrocken auf und blickte in Winterfelds Gesicht. Er hatte nicht gemerkt, dass der Kapitän der LEOPOLD hinter ihm aufgetaucht war. Erschrocken fragte er sich, ob und wie viel dieser von seinem stummen Zwiegespräch mit Astaroth mitbekommen hatte – und ob er gar Verdacht geschöpft haben könnte, dass der Kater mehr war als das, wonach er aussah.

Hat er nicht, beruhigte ihn Astaroth. *Aber jetzt tu lieber, was er dir sagt, ehe er doch noch etwas merkt. Und über das, was er gerade über mich denkt,* fügte er nach einer Sekunde hinzu, *werde ich mich später mit diesem Herrn unterhalten. Unter drei Augen, gewissermaßen.*

Winterfeld schüttelte den Kopf und seufzte. »Der Kater

scheint dich vermisst zu haben«, meinte er. »Meine Leute sagen, dass er sich wie toll gebärdet hat. Sie wollten ihn schon über Bord werfen. Ich möchte nur wissen, was ihr alle an diesem hässlichen Tier findet.«

»Er gehört eben zu uns«, sagte Mike rasch. Ebenso rasch wandte er seine Konzentration wieder den Instrumenten vor sich zu. »Wir sind schon sehr tief«, sagte er. »Es kann nicht mehr lange dauern. Sie sollten mir allmählich sagen, wohin ich überhaupt fahren soll.«

»Einfach nur nach unten«, antwortete Winterfeld. »Wenn meine Karten stimmen, müssen wir uns unmittelbar über dem Vulkan befinden. Aber ich muss sichergehen. Wenn die Schiffe nicht präzise im Krater explodieren, ist alles umsonst.«

Mike ersparte es sich, darauf zu antworten. Es hatte keinen Sinn, mit Winterfeld zu diskutieren. Einen Moment lang spielte er ernsthaft mit dem Gedanken, den Kurs der NAUTILUS ganz unmerklich zu ändern. Hier unten herrschte stockfinstere Nacht. Sie konnten eine halbe Meile an dem Vulkan vorbeifahren, den Winterfeld auf dem Meeresgrund vermutete, ohne ihn auch nur zu sehen. Und wenn er nicht fand, wonach er suchte, gab er seinen verrückten Plan vielleicht auf.

Vergiss es, sagte Astaroth. *Er würde es merken. Er rechnet damit, dass du genau das tust, weißt du? Ich weiß gar nicht, warum ihr ihn für verrückt haltet. Er ist ziemlich klug.*

Und trotzdem ziemlich verrückt, antwortete Mike.

Auch nicht mehr als ihr alle, sagte Astaroth patzig. *Nur auf eine andere Art. Übrigens – interessiert es dich, dass er vorhat, sein Wort zu halten? Er wird euch gehen lassen.*

Das überraschte Mike nicht im Mindesten. Man konnte gegen Winterfeld sagen, was man wollte – er war trotz allem ein Mann von Ehre.

Immer tiefer und tiefer glitten sie in das Meer hinab. Der Sog wurde nun so stark, dass die NAUTILUS spürbar zu zittern begann, und die Motoren dröhnten lauter, da sie sich stärker gegen die Strömung stemmten, die das Schiff mit sich in die Tiefe reißen wollte. Winterfeld sagte jetzt nichts mehr, aber er stand die ganze Zeit hinter Mike und beobachtete sehr aufmerksam, was dieser tat, und nach einer Weile gesellten sich noch zwei von seinen Ingenieuren hinzu, die sich eifrig Notizen machten oder in aufgeregtem Flüsterton miteinander sprachen.

Mike schätzte, dass auf diese Weise eine gute halbe Stunde verging. Sie hatten den Meeresboden nun fast erreicht und somit eine Tiefe, die auch für die NAUTILUS beinahe die Grenzen dessen darstellte, was sie aushalten konnte.

Auch Winterfeld zollte den Fähigkeiten der NAUTILUS gebührenden Beifall. »Fantastisch!«, sagte er. »Das ist ... unglaublich, weißt du das eigentlich? Jedes auch nur vorstellbare Unterseeboot wäre schon bei einem Bruchteil dieses Wasserdrucks einfach zermalmt worden. Ich glaube, so etwas können wir selbst in hundert Jahren noch nicht bauen!«

»Wenn Sie mit Ihrem Plan Erfolg haben, können wir es vielleicht nie«, sagte Mike bitter, aber Winterfeld schien die Worte überhaupt nicht gehört zu haben.

»Und ein Volk, das so etwas Unglaubliches bauen konnte, musste untergehen«, fuhr er fort. »Ich finde es wirklich bedauerlich, dass mir nicht mehr Zeit bleibt, mich mit deiner kleinen

Freundin zu unterhalten. Ich hätte gerne mehr über Atlantis erfahren. Ich nehme an, du weißt mittlerweile alles darüber, was es zu wissen gibt?«

»Dies und das«, antwortete Mike einsilbig. Die Neugier in Winterfelds Worten war nicht gespielt, aber er hatte keine Lust, sich zu unterhalten, als wäre nichts geschehen, während sie dabei waren, den Weltuntergang vorzubereiten.

»Ich verstehe«, sagte Winterfeld. »Du willst nicht mit mir reden. Das tut mir sehr Leid. Ich hätte es vorgezogen, wenn du verstehst, warum ich das alles tue.«

Mike sah nun doch von seinen Instrumenten auf und direkt in Winterfelds Gesicht. »Das kann ich nicht verstehen«, sagte er. »Niemand kann das. Bitte – überlegen Sie es sich noch einmal. Auch Paul hätte das nicht gewollt, dessen bin ich sicher.«

Winterfelds Gesicht verdüsterte sich. Aber nicht aus Zorn, wie Mike im allerersten Moment glaubte, sondern vor Trauer und Schmerz.

»Paul«, antwortete er nach einigen Sekunden sehr leise und ohne Mike anzusehen, »wollte auch nicht sterben. Niemand hat ihn gefragt, was er *wollte*. Es tut mir Leid, Mike, aber mein Entschluss steht fest.«

»Und Ihre Männer?«, fragte Mike. »Wissen sie, dass Sie sie alle zum Tode verurteilt haben? Interessiert es Sie auch nicht, was sie wollen?«

»Sie werden nicht sterben«, antwortete Winterfeld. »Wofür hältst du mich? Sie alle werden rechtzeitig in Sicherheit gebracht werden – bis auf einige wenige, die mich freiwillig begleiten. Ich bin kein Mörder.«

Es dauerte einen Moment, bis Mike klar wurde, was diese Worte bedeuteten. »Moment mal«, sagte er. »Soll das heißen, dass –«

»Ich selbst an Bord der LEOPOLD sein werde, wenn das Schiff sinkt, ja«, unterbrach ihn Winterfeld. »Es ist notwendig.«

»Das bedeutet Ihren Tod«, sagte Mike.

»Ja«, antwortete Winterfeld ungerührt. »Aber er wird nicht umsonst sein. Ein Menschenleben mehr oder weniger – was bedeutet das schon angesichts dessen, was ich erreichen werde?«

Hör lieber auf, sagte Astaroth warnend. *Du hattest Recht. Er ist verrückt. Du hättest ihn nicht auf Paul ansprechen sollen.*

Tatsächlich hatte Mike Winterfeld noch nie so nahe am Rande seiner Selbstbeherrschung erlebt wie in diesem Moment. Und vielleicht hätte er sie wirklich vollends verloren, hätte sich nicht in genau diesem Augenblick einer der beiden Ingenieure umgewandt und auf das Fenster gedeutet. »Dort!«, sagte er. »Seht!«

Aller Aufmerksamkeit wandte sich dem Aussichtsfenster zu. Die Dunkelheit außerhalb der NAUTILUS war nicht mehr vollkommen. Tief unter ihnen glühte ein mattes, rotes Licht mit verschwommenen Rändern, in dem hier und da kleine gelbe Funken wie leuchtende Insektenaugen zu sehen waren.

»Der Vulkan!«, sagte der Ingenieur. »Dort ist er. Genau, wo wir berechnet haben!«

Auch Winterfeld drehte sich zum Fenster herum. Er hatte sich jetzt wieder völlig in der Gewalt. Einige Sekunden lang blickte er konzentriert nach draußen, dann schüttelte er ganz langsam den Kopf. »Nein, nicht genau«, sagte er. »Sehen Sie auf Ihre Kar-

ten. Es gibt eine Abweichung. Nicht viel, aber sie ist da. Vielleicht eine halbe Seemeile oder zwei.«

Die beiden Männer sahen gehorsam auf ihre Seekarten und verglichen die Angaben darauf mit den Werten, die Mikes Instrumente lieferten. Schließlich nickten sie verblüfft.

»Das stimmt«, sagte der, der den Vulkan entdeckt hatte. »Aber wie konnten Sie das wissen? Es ist praktisch unmöglich –«

»Weil ich nicht blind bin«, unterbrach ihn Winterfeld. »Sehen Sie dort, ein Stück hinter dem Krater. Sehen Sie das Licht?«

Selbst Mike, der eigentlich über recht scharfe Augen verfügte, musste dreimal hinsehen, um den winzigen dunkelroten Punkt zu erkennen, den Winterfeld ausgemacht hatte. Auf einen Wink Winterfelds hin änderte er Kurs und Geschwindigkeit der NAUTILUS, sodass sie sich nun darauf zubewegten – und zugleich natürlich auf den Vulkankrater.

Sie passierten ihn in so geringer Entfernung, dass Mike und die anderen einen Blick direkt in den Krater werfen konnten.

Es war ein Anblick, den er nie im Leben wieder völlig vergessen sollte. Obwohl ihm seine Instrumente verrieten, dass sie mehr als fünfhundert Meter über dem Krater waren, bebte und zitterte die NAUTILUS unter der Gewalt des hochschießenden heißen Wassers und sie konnten ein leises, aber ungemein machtvolles Dröhnen und Rumpeln hören, das von überall her zugleich zu kommen schien. Es war, als hätte er einen Blick unmittelbar in die Hölle geworfen. Unter ihnen brodelte und zischte es, wo rot glühende Lava auf Wasser traf und es in Dampf verwandelte. Der Krater war unvorstellbar groß; Mike hätte die NAUTILUS bequem hineinsteuern und ein paar Run-

den darin drehen können und oben, auf der Erdoberfläche, hätte er einen ansehnlichen Berg abgegeben.

Hier unten jedoch war er nur einer von vielen. Der rote Punkt, den Winterfeld entdeckt hatte, entpuppte sich beim Näherkommen als zweiter, etwas kleinerer Vulkankrater und hinter diesem erhob sich ein dritter und vierter – es war eine ganze Kette unterseeischer Vulkane, auf die sie gestoßen waren.

»So ist das also«, murmelte Winterfeld. »Jetzt verstehe ich es endlich.«

»Was?«, fragte Mike.

»Die Vulkane«, antwortete Winterfeld, ohne seinen Blick vom Fenster zu lösen. »Es ist ein doppelter Effekt. Sie müssen seit Zehntausenden von Jahren aktiv sein. Verstehst du nicht? So wie kaltes Wasser sinkt, steigt heißes rasch nach oben! Das Wasser, das mit der Lava in Berührung kommt, wird sofort zu Dampf, der in die Höhe schießt, und neben ihm stürzt das kalte Wasser nach unten. Auf diese Weise entsteht ein unvorstellbarer Sog! Kein Wunder, dass der Golfstrom um die halbe Welt reicht! Das Wasser wird hier regelrecht nach unten gerissen!«

»Ja, aber wohin verschwindet all dieses Wasser?«, fragte Mike.

Winterfeld schwieg einen Moment. »Fahr ein Stück nach rechts«, sagte er. »Und etwas tiefer.«

Mike gehorchte, aber vorsichtig. Die NAUTILUS zitterte und stampfte jetzt ununterbrochen und er hatte die Leistung der Motoren fast bis zum Maximum erhöht, um überhaupt ihre Position zu halten. Was er vorhin über diesen Sog gedacht hatte, stimmte nicht. Er war hundertmal stärker, als sie alle angenommen hatten, selbst Winterfeld und seine Techniker. Mike war gar

nicht mehr so sicher, dass das Schiff diesen tobenden Naturgewalten noch lange widerstehen würde.

Trotzdem sank die NAUTILUS allmählich tiefer. Mike bemühte sich, einen respektvollen Abstand zu der Kette von Licht und heißen Dampf speienden Bergen zur Linken zu halten, aber das Schaukeln des Schiffes nahm noch mehr zu. Als sie schließlich den Meeresgrund erreichten, liefen die Maschinen mit aller Kraft.

Mikes Augen hatten sich mittlerweile an die düsterrote Helligkeit draußen gewöhnt, sodass er ihre Umgebung erkennen konnte. Was er sah, versetzte ihn in Erstaunen, aber es ließ ihn auch erschauern. Es war nicht das erste Mal, dass er den Meeresboden mit eigenen Augen sah, nicht einmal in einer solchen Tiefe – aber er hatte noch nie etwas wie das erblickt.

Unter ihnen war nichts als nackter, schimmernder Fels. Es gab keinen Krümel Sand, keinen Schlick, kein Leben, nur Steine und Felsen, die allesamt sonderbar rund und wie glatt poliert aussahen – und genau das waren sie auch. Der ungeheure Sog, der hier unten herrschte, hatte alle scharfen Kanten abgeschliffen und jede größere Erhebung eingeebnet. Der Anblick war ungemein deprimierend. Die Meere waren die Wiege des Lebens, aber hier gab es nichts, nichts außer Wasser und rötlichem Licht und tobender Bewegung. Unter der NAUTILUS breitete sich eine öde Mondlandschaft aus, auf der es niemals Leben gegeben hatte und niemals geben würde.

»Dort vorne!«, sagte Winterfeld. »Siehst du es?«

Mike nickte. Diesmal hatte er es im selben Moment entdeckt wie Winterfeld: Nicht mehr sehr weit vor ihnen hörte der Mee-

resboden einfach auf. Der schimmernde Fels brach ab, und wo der Meeresgrund sein sollte, gähnte nur ein gewaltiger, schwarzer Abgrund.

»Vorsichtig jetzt«, sagte Winterfeld.

Die Warnung wäre nicht nötig gewesen. Mike drosselte die Geschwindigkeit der NAUTILUS immer mehr, bis sie sich fast nur noch im Schritttempo bewegten. Und schließlich musste er den Schub der Motoren sogar umkehren, um das Schiff auch nur auf der Stelle zu halten. Der Sog war jetzt so gewaltig, dass er selbst das hundert Meter lange Unterseeboot einfach mit sich gerissen hätte, hätten die Maschinen sich nicht dagegengestemmt.

Unmittelbar über der Kante hielten sie an. Und für lange, endlose Sekunden wurde es sehr still im Salon der NAUTILUS.

Der Anblick war ungeheuerlich.

Unter ihnen gähnte die gigantischste Schlucht, die Mike jemals gesehen hatte. Der Fels stürzte so weit in die Tiefe, dass man nirgendwo einen Boden hätte erkennen können, und der gegenüberliegende Rand des Abgrundes war so weit entfernt, dass sie ihn nicht einmal mehr sehen konnten. Selbst der Grand Canyon war gegen diese Schlucht nicht mehr als ein kümmerlicher Riss.

»Da hast du die Antwort auf deine Frage«, sagte Winterfeld. Seine Stimme klang fast bewundernd. »Das Wasser muss diesen Schacht gegraben haben«, sagte er. »Mein Gott, es muss Millionen von Jahren gedauert haben!«

Es fiel Mike nicht leicht, Winterfelds Gedanken zu folgen – aber vielleicht lag das eher daran, dass ihn der Anblick, der sich ihnen bot, einfach erschlug. Was sie sahen, war ein Fluss im

Meer, eine gewaltige Rinne, die das Wasser, das von der Meeresoberfläche herabstürzte, im Laufe von Jahrmillionen in den Meeresboden gegraben hatte und durch die es mit unvorstellbarer Gewalt davonschoss. Mike wagte sich nicht vorzustellen, was geschähe, wenn die NAUTILUS in *diese* Strömung geraten wäre. Vermutlich würde sie im Bruchteil einer Sekunde einfach in Stücke gerissen.

»Ich glaube, das war's dann, Winterfeld«, sagte er.

Winterfeld sah ihn fragend an. »Was meinst du damit?«

»Das fragen Sie noch?« Mike deutete nach draußen. »Sie glauben doch nicht im Ernst, dass Sie Ihren Plan jetzt noch durchführen können? Aller Sprengstoff der Welt reicht nicht aus, um *das da* zu zerstören!«

Zu seiner Überraschung lächelte Winterfeld. »Du bist wirklich hartnäckig«, sagte er. »Das gefällt mir. Aber du freust dich zu früh. Ich habe etwas in dieser Art erwartet. Ich war nur nicht sicher. Aber jetzt bin ich es.«

Er wandte sich wieder zu seinen Ingenieuren um. »Ich hoffe, Sie haben alles notiert, meine Herren?«

»Selbstverständlich«, antwortete einer der beiden. »Aber es wäre sicher nützlich, wenn wir diesen Kanal genauer untersuchen könnten. Ist das möglich?« Die letzte Frage galt Mike, der sie sofort und mit einem entschiedenen Kopfschütteln beantwortete.

»Niemals«, sagte er. »Die Strömung würde das Schiff in Stücke reißen. Bestenfalls würde sie uns bis in die hintere Mongolei befördern.«

Der Mann wirkte enttäuscht. »Das ist schade«, sagte er.

»Aber nicht zu ändern«, fügte Winterfeld hinzu. »Die vorhandenen Daten müssen eben reichen. Im Grunde bestätigen sie sowieso nur unsere bisherige Vermutung. Mike – wir können auftauchen. Ich habe genug gesehen.«

Mike steuerte die NAUTILUS rasch einige hundert Meter von der Felskante weg und somit aus der schlimmsten Strömung hinaus. Aber er wandte sich noch einmal an Winterfeld, ehe er das Boot aufsteigen ließ.

»Verstehen Sie denn immer noch nicht, dass es vorbei ist?«, sagte er. »Dieser Kanal muss -zig Kilometer breit sein und wahrscheinlich mehr als eine Meile tief. Aller Sprengstoff der Welt reicht nicht aus, ihn zu zerstören.«

»Ich habe auch nicht vor, ihn zu sprengen«, antwortete Winterfeld.

»Und was dann?«

Winterfeld beantwortete diese Frage nicht, aber Astaroth tat es: *»Er will die Vulkane zum Ausbruch bringen. Zwei oder drei nebeneinander.«*

»Wie bitte?«, keuchte Mike entsetzt.

Und er ist ziemlich sicher, dass das ausreicht, den Canyon zum Einsturz zu bringen. Ich übrigens auch, fügte Astaroth hinzu.

Winterfeld blinzelte. »Ich habe nichts gesagt«, sagte er. Sein Blick tastete misstrauisch über Mikes Gesicht.

Pass bloß auf, sagte Astaroth überflüssigerweise. *Er beginnt Verdacht zu schöpfen. Er spürt, dass irgendetwas nicht stimmt.*

»Ich ... ich war nur erschrocken«, stammelte Mike, und Astaroth sagte: *Und jetzt fragt er sich, worüber.*

»Weil ... weil es doch so sinnlos ist«, sagte Mike. »Ich meine, Sie ... Sie opfern sich vollkommen umsonst. Und das Leben Ihrer Begleiter ebenfalls.«

»Und wenn?«, fragte Winterfeld. »Hast du etwa Angst um mein Wohlergehen?«

»Nein«, sagte Mike. »Ich hatte Sie nur für klüger gehalten, das ist alles.« Er wartete Winterfelds Reaktion diesmal nicht ab, sondern wandte sich wieder dem Instrumentenpult zu. Wenige Augenblicke später begann die NAUTILUS auf der Stelle zu drehen und stieg wieder aufwärts.

Sie hatten die Meeresoberfläche wieder erreicht, aber Mike kam es vor, als wäre ihnen die Dunkelheit gefolgt; und das in gleich zweifacher Hinsicht. Die Sonne war längst untergegangen und auch Mike fühlte sich von einer Art körperloser Finsternis erfüllt, die ihn zugleich mutlos wie fast rasend vor Zorn machte.

Das Schlimmste von allem war vielleicht das Gefühl der Hilflosigkeit. Es war beileibe nicht das erste Mal, dass er und die anderen in einer scheinbar ausweglosen Situation waren – aber diesmal war sie eben nicht nur *scheinbar* ausweglos. Sie waren hilflos dazu verdammt, zuzusehen, wie Winterfeld einen ganzen Kontinent ins Unglück stürzte.

Die NAUTILUS legte neben der LEOPOLD an. Winterfeld befahl ihm nicht, von Bord zu gehen, aber er erhob auch keinen Einspruch, als Mike den Salon verließ und sich auf den Weg nach oben machte. Obwohl bereits tiefste Nacht herrschte, war das Deck der LEOPOLD fast taghell erleuchtet. Überall waren große Scheinwerfer aufgebaut und Mike bemerkte zu seiner Überraschung, dass der Großteil der Besatzung offenbar damit

beschäftigt war, sämtliche Türen und Fenster des Schiffes wasserdicht zu verschließen. Dutzende von Männern schweißten große Stahlplatten vor die Fenster der Brücke, überall hämmerte, klang und blitzte es. Der Sinn dieser hektischen Aktivität wurde Mike rasch klar: Winterfeld hatte tatsächlich vor, das Schiff zu versenken und dabei zumindest mit einem Teil der Besatzung an Bord zu bleiben. Daher versiegelten sie das Schiff, so gut es ging. Mike bezweifelte allerdings die Wirksamkeit dieser Maßnahmen, Winterfeld machte sich wohl trotz allem keine rechte Vorstellung von dem ungeheuren Wasserdruck, der einige tausend Meter unter der Meeresoberfläche herrschte. Die Stahlplatten, die seine Männer vor die Fenster schweißten, würden zerreißen wie dünnes Papier, lange, ehe sie den Meeresgrund erreicht hatten.

Serena, Trautman und die anderen warteten trotz der beißenden Kälte an Deck der LEOPOLD auf ihn, und seine Stimmung musste wohl auch deutlich auf seinem Gesicht abzulesen sein, denn Trautman empfing ihn mit den Worten: »Was ist passiert?«

Mike erzählte, was sie auf dem Meeresgrund gefunden hatten, und auch Trautmans Gesicht verdüsterte sich. »Das ist schlimm«, sagte er, als Mike mit seinem Bericht zu Ende gekommen war. »Wenn es ihm tatsächlich gelingt, die Schiffe direkt in die Vulkankrater zu lenken, könnte er eine Kettenreaktion auslösen.«

»Sie haben den Canyon nicht gesehen«, sagte Mike. »Er ist gigantisch. Aller Sprengstoff der Welt würde nicht ausreichen, ihn zu verschütten.«

»Wahrscheinlich nicht«, sagte Trautman. »Aber der Ausbruch eines unterseeischen Vulkans vielleicht doch – wenn er gewaltig genug ist.« Er wandte sich mit einem fragenden Blick an Brockmann. »Könnte der Sprengstoff ausreichen, um einen Vulkanausbruch hervorzurufen?«

Brockmann zuckte nur mit den Schultern. »Ich bin kein Ozeanologe«, sagte er.

»Aber Soldat«, gab Ben scharf zurück. »Sie sollten sich mit Sprengstoff auskennen, oder?«

»Möglich ist alles«, antwortete Brockmann. »Vielleicht ja, vielleicht nein – in ein paar Stunden werden wir es wissen.«

»Ach, und das ist alles, was Sie dazu zu sagen haben?« Stanley schnaubte. »Na ja, was habe ich auch erwartet?«

Brockmann setzte zu einer wütenden Entgegnung an, besann sich aber dann im letzten Moment eines Besseren und beließ es bei einem geringschätzigen Verziehen der Lippen. Vielleicht wollte er auch nur den anderen nicht die Genugtuung bieten, sich in aller Öffentlichkeit mit Stanley zu streiten – sie waren nämlich keineswegs allein. Ein knappes Dutzend von Winterfelds Soldaten umgab sie in einem weiten Halbkreis und die Männer beobachteten sie sehr aufmerksam. Und genau in diesem Moment gesellte sich auch Winterfeld selbst zu ihnen.

»Der Augenblick des Abschieds ist gekommen«, sagte er. »Uns bleibt nicht mehr sehr viel Zeit, deshalb will ich es kurz machen: Sie können jetzt wieder an Bord der NAUTILUS gehen. Diese Männer hier –«, er deutete auf die Soldaten, die sie bewachten, »– werden Sie begleiten und dafür sorgen, dass Sie nicht versuchen mich aufzuhalten. Morgen früh bei Sonnen-

aufgang werden die Männer Ihnen Ihre Waffen übergeben; Sie sind dann frei. Habe ich Ihr Ehrenwort, dass Sie sie bei nächster Gelegenheit in einem neutralen Land von Bord gehen lassen?«

Trautman nickte. »Selbstverständlich. Aber ich flehe Sie an, Winterfeld, überlegen Sie es –«

Winterfeld unterbrach ihn mit einer herrischen Geste, sagte aber in fast sanftem Ton: »Es ist sinnlos, über das Unvermeidliche zu diskutieren, Herr Trautman. Mein Entschluss steht fest und keine Macht der Welt kann mich noch davon abbringen. Die Zukunft wird zeigen, wer von uns Recht hatte.«

»Sie wollen wirklich das Leben von Millionen Menschen aufs Spiel setzen?«, fragte Mike.

Winterfeld lächelte traurig. »Ich will es *retten*, mein junger Freund. Vielleicht wirst du mich eines Tages verstehen. Ich hoffe es wenigstens.« Er deutete auf die NAUTILUS. »Und nun, lebt wohl. Soweit es mich angeht, seid ihr frei.«

Niemand rührte sich. Ein sehr sonderbares Gefühl breitete sich in Mike aus. Er sollte jetzt erleichtert sein – immerhin waren sie nicht nur mit dem Leben davongekommen, sondern auch wieder frei, aber das genaue Gegenteil war der Fall: Er fühlte sich niedergeschlagener als bisher und das Gefühl von Hilflosigkeit war so intensiv geworden, dass es fast körperlich wehtat. Es musste doch irgendetwas geben, was sie *tun* konnten!

»Winterfeld«, sagte er noch einmal, »bitte denken –«

»Genug!« Winterfelds Stimme war nicht lauter, aber plötzlich so scharf, dass sie trotzdem fast wie ein Schrei klang. »Geht jetzt – bevor ich es mir anders überlege.«

Vielleicht hätte nicht einmal diese Drohung Mike davon

abbringen können, Winterfeld weiter ins Gewissen reden zu wollen, aber Trautman wandte sich in diesem Moment um und ging langsam auf die Reling zu und die anderen folgten seinem Beispiel, sodass sich Mike ihnen wohl oder übel anschließen musste. Winterfeld blieb reglos und mit starrem Gesicht stehen und sah ihnen nach. Die Soldaten, die sie bisher bewacht hatten, schlossen sich ihnen an: Zwei der Bewaffneten betraten als Erste die schmale Planke, die zum Deck der NAUTILUS hinunterführte, während die anderen darüber wachten, dass sie auch tatsächlich taten, was Winterfeld ihnen befohlen hatte. Ihre Waffen deuteten zwar nicht direkt auf Mike und die anderen, aber sie hielten sie griffbereit in den Händen, und Mike zweifelte nicht daran, dass sie sie einsetzen würden, wenn es sein musste.

Mike war nicht der Letzte, der die LEOPOLD verließ. Sie durften nur einzeln von Bord gehen und hinter Mike warteten noch Serena und Brockmann. Die schmale Planke vibrierte heftig unter seinen Schritten, sodass er die Arme ausbreitete, um das Gleichgewicht zu halten, und den Blick starr nach vorne richtete – immerhin lag das Deck der NAUTILUS gute fünfzehn Meter unter dem des gewaltigen Kriegsschiffes und Mike war nicht schwindelfrei.

Und um ein Haar wäre er dann doch noch ins Wasser gefallen, denn er hatte die Entfernung zur NAUTILUS noch nicht zur Hälfte überwunden, als plötzlich die Maschinen der LEOPOLD ansprangen. Mike fuhr erschrocken zusammen, als das ganze Schiff zu zittern begann. Mit heftig rudernden Armen und schneller, als vielleicht gut war, hastete er die letzten Meter dahin und legte das letzte Stück zum Deck des Unterseebootes

hinab schließlich mit einem gewagten Sprung zurück. Prompt glitt er auf dem feuchten Metall aus und wäre gestürzt, hätte ihn Trautman nicht aufgefangen.

»Was ist denn jetzt los?«, fragte Mike erschrocken. Er sah nach oben. Serena und Brockmann waren ihm nicht gefolgt, sondern standen an der Reling und zögerten, die jetzt heftig zitternde Planke zu betreten.

»Sie haben die Maschinen angelassen«, sagte Stanley. »Keine Sorge – das Zittern hört gleich wieder auf. Ich nehme an, sie verlegen die Flotte noch ein Stück. Du hast es ja selbst gesagt – sie müssen eine oder zwei Meilen weiter nach Norden.«

Das war sicher die Wahrheit und eigentlich hätte diese Erklärung Mike beruhigen müssen, aber sie tat es nicht. Ganz im Gegenteil – plötzlich hatte er ein sehr ungutes Gefühl. Irgendetwas würde passieren, das spürte er ganz deutlich. Irgendetwas, was sie übersehen oder vergessen hatten, und es war etwas ungemein Wichtiges.

Mike hat bis zu diesem Moment niemals an Vorahnungen geglaubt, aber von diesem Tage an tat er es. Er sah Stanley noch einen Moment lang zweifelnd an, dann wandte er sich wieder um und blickte zu Serena und Brockmann hoch. Der deutsche Kapitän machte gerade Anstalten, mit einem entschlossenen Schritt auf die Planke hinauszutreten. Einer der Männer, die Serena und ihn bewachten, streckte den Arm aus um ihn zurückzuhalten – und Brockmann packte ihn blitzschnell, brachte ihn mit einem Ruck aus dem Gleichgewicht und schleuderte ihn über Bord. Der Mann stürzte kreischend in die Tiefe und schlug dicht neben der NAUTILUS ins Wasser, aber noch

bevor er versank, hatte Brockmann einen zweiten Soldaten gepackt und über Bord geschleudert, dann wirbelte er herum und verschwand mit einem gewaltigen Satz aus Mikes Sichtfeld. Überraschte Schreie und die Geräusche eines heftigen Kampfes drangen zu ihnen herab.

Und praktisch im selben Moment stürzte sich Stanley auf die beiden Soldaten, die zusammen mit ihnen auf dem Deck der NAUTILUS standen.

Der Angriff kam vollkommen überraschend. Die Männer hatten nicht einmal Gelegenheit, ihre Waffen zu heben – Stanley riss sie mit weit ausgebreiteten Armen von den Beinen, begrub den einen unter sich und setzte ihn mit einem gewaltigen Faustschlag schachmatt. Der Zweite wollte sich aufrappeln und seine Waffe heben, aber da war Singh schon über ihm, riss ihm das Gewehr aus der Hand und versetzte ihm einen Stoß, der ihn zum zweiten Mal zu Boden schickte. Als er sich diesmal wieder aufrichtete, blickte er in den Lauf seiner eigenen Waffe.

»Nein!«, keuchte Mike. »Seid ihr verrückt geworden? Serena ist noch dort oben!«

Aber es war zu spät. Mike wollte die Planke wieder hinaufstürmen, doch er kam nicht einmal zwei Schritte weit. Plötzlich erschienen zwei Soldaten am oberen Ende des Steges und Mike reagierte ganz instinktiv und warf sich zur Seite. Dicht hintereinander krachten zwei Schüsse. Die Kugeln bohrten sich genau dort in das Holz, wo er gerade noch gestanden hatte. Zu einem dritten Schuss kamen die Männer nicht, denn Stanley und Singh hatten die erbeuteten Waffen gehoben und erwiderten das Feuer. Winterfelds Soldaten zogen sich hastig zurück.

Doch sie gaben keineswegs auf. Mike beobachtete voller Entsetzen, wie sich das obere Ende der Laufplanke hob – und dann über Bord gestoßen wurde. Mit einem gewaltigen Platschen stürzte der Laufsteg ins Wasser. Die einzige Verbindung zur LEOPOLD existierte nicht mehr.

»Serena!«, keuchte Mike. »Um Gottes willen – Serena!«

Von der Atlanterin war nichts zu sehen. Die Schreie und der Kampflärm auf dem Deck der LEOPOLD hielten an, und jetzt hörten sie wieder Schüsse – aber weder von Serena noch von Brockmann zeigte sich auch nur eine Spur.

Mike fuhr zornig zu Stanley herum. »Warum haben Sie das getan?«, fuhr er ihn an. »Jetzt wird er Serena bestimmt nicht mehr gehen lassen!«

»Und wir haben eine Chance, ihn aufzuhalten«, antwortete Stanley in kaum weniger scharfem Ton. Seine Augen funkelten kampflustig. Offenbar verstand er gar nicht, warum Mike ihn angriff. Wahrscheinlich war er sogar noch stolz auf das, was er getan hatte. »Verdammt, wir sollten etwas tun, statt hier herumzustehen und zu jammern!«

Mike ballte zornig die Fäuste. »Sie –«

»Lass ihn, Mike«, unterbrach ihn Trautman. »Er hat Recht. Und es ist nicht seine Schuld. Immerhin war es Brockmann, der als Erster angegriffen hat.« Er schüttelte seufzend den Kopf. »Wenn wir jemandem Vorwürfe machen müssen, dann höchstens mir. Ich hätte wissen müssen, dass Brockmann nicht einfach tatenlos zusieht, was geschieht.«

Mikes Blick glitt verzweifelt an der LEOPOLD hinauf. Das Schiff wuchs wie ein Berg aus Stahl über ihnen empor. Nirgends

gab es eine Möglichkeit, hinaufzukommen. Was sie sahen, war eine senkrechte, unübersteigbare Wand.

Das hieß – nicht ganz. *Eine* Möglichkeit gab es vielleicht doch. Bei dem bloßen Gedanken sträubten sich Mike schier die Haare, aber sie hatten keine andere Wahl, wenn sie Serena nicht einfach im Stich lassen wollten.

»Astaroth!«, rief er laut. »Wo bist du?«

Hier. Ein schwarzer Schatten glitt lautlos über das Deck der NAUTILUS heran. *Wusste ich doch, dass ihr ohne mich wieder mal aufgeschmissen seid.*

»Ich habe jetzt wirklich keine Zeit für deine Scherze, Astaroth«, sagte Mike ungeduldig. »Ich brauche deine Hilfe. Wie viele Männer sind noch unten im Schiff?«

Nur drei, antwortete der Kater.

»Drei?«, wiederholte Mike ungläubig. »Aber vorhin –«

Die meisten sind wieder auf die LEOPOLD übergewechselt. Die, die noch hier sind, gehören zu denen, die euch sowieso begleiten wollen. Sie werden euch keine Schwierigkeiten machen. Nebenbei – die beiden armen Teufel da auch nicht. Sie sind froh, hier wegzukommen. Sie halten Winterfeld für genauso verrückt wie ihr.

Mike erklärte Trautman rasch, was er von Astaroth erfahren hatte, worauf dieser Singh und Stanley anwies, die Waffen zu senken und die beiden deutschen Soldaten freizugeben. Singh gehorchte sofort, Stanley erst nach ein paar Sekunden. Aber die beiden Männer machten keine Anstalten, Widerstand zu leisten.

»Also gut«, fuhr Mike fort. »Geht nach unten. Die NAUTILUS ist seeklar. Taucht auf zwanzig Meter und bleibt in der Nähe.«

»Und du?«, fragte Trautman misstrauisch.

Mike deutete nach vorne, zum Bug der NAUTILUS, der unmittelbar neben dem des viel größeren Kriegsschiffes lag. Es gab *doch* noch eine Verbindung zum Deck der LEOPOLD hinauf. »Die Ankerkette«, sagte er. »Ich werde hinaufklettern und Serena holen.«

»Du bist verrückt!«, keuchte Chris erschrocken.

Mike lächelte matt. »Stimmt. Aber hast du eine bessere Idee?« Er wartete Chris' Antwort nicht ab, sondern fuhr mit erhobener Stimme fort: »Ihr bleibt in der Nähe. Falls die LEOPOLD Fahrt aufnehmen sollte, folgt ihr mir. Möglicherweise müsst ihr Serena und mich aus dem Wasser fischen, falls wir über Bord springen. Astaroth wird euch sagen, was zu tun ist.«

Gute Idee, sagte Astaroth. *Und wie?*

Mike blickte den Kater betroffen an. Für einen Moment hatte er einfach vergessen, dass er ja der Einzige an Bord der NAUTILUS war, der die Stimme des Katers verstehen konnte.

Es war Chris, der den rettenden Einfall hatte. »Wir nehmen ihn mit in den Steuerraum«, sagte er. »Ich male ein Bild von der LEOPOLD – und Astaroth zeigt uns, wo ihr euch befindet, an welcher Seite und ob vorne oder hinten. Kann er das?«

Kein Problem, sagte Astaroth. *Das ist nun mal wirklich eine gute Idee. Tz, tz – ihr Menschen seid schon komisch. Je jünger ihr seid, desto schlauer seid ihr. Und sobald ihr erwachsen werdet, beginnt ihr –*

»Er kann es«, sagte Mike, der keinen besonderen Wert darauf legte, sich wieder einen von Astaroths endlosen Monologen über die geistige Verfassung der menschlichen Spezies im All-

gemeinen und der einzelnen Besatzungsmitglieder im Besonderen anzuhören. »Also los!«

Er drehte sich um und begann auf den Bug der NAUTILUS zuzulaufen, so schnell, dass weder Trautman noch einer der anderen auch nur eine Gelegenheit bekam, ihn zurückzuhalten – und vor allem so schnell, dass *er* keine Gelegenheit fand, darüber nachzudenken, wie wahnwitzig sein Vorhaben war.

Und das war es. Die straff gespannte Kette vibrierte und zitterte unter seinen Händen und Füßen und der Stahl war so schlüpfrig, dass er kaum Halt daran fand. Dazu kam, dass die Kette keineswegs *still* dalag. Unter der LEOPOLD befanden sich mehr als tausend Meter Wasser, sodass das Schiff nicht wirklich irgendwo hatte festmachen können, sondern nur Treibanker geworfen hatte, die sich langsam, aber doch spürbar in der mächtigen unterseeischen Strömung bewegten.

Mike biss die Zähne zusammen und kletterte langsam, aber sehr gleichmäßig weiter. Er versuchte mit aller Gewalt, nicht daran zu denken, was ihm passieren konnte, wenn er etwa den Halt verlor und abrutschte – mit dem einzigen Ergebnis natürlich, dass er praktisch an nichts anderes mehr dachte. Ein Sturz aus zehn oder zwölf Metern Höhe ins eisige Wasser war noch das Mindeste, womit er rechnen musste, und selbst das war schon ein tödliches Risiko. Auch wenn er nicht auf dem stählernen Rumpf der NAUTILUS aufschlug und sich dabei alle Knochen im Leib brach, war das Wasser hier so kalt, dass er nur wenige Minuten darin überleben konnte.

Er hatte die Hälfte der Strecke hinter sich gebracht, als er doch nach unten sah – und direkt in Singhs Gesicht blickte, der

keine anderthalb Meter unter ihm an der Ankerkette heraufkletterte.

»Singh!«, rief er erschrocken. »Was fällt dir ein?!«

Singh antwortete nicht darauf – und Mike sparte es sich, Singh Vorwürfe zu machen oder ihm gar den Befehl zum Umkehren zu geben. Das eine wäre sinnlos und das andere würde er ignorieren. Singh war nun einmal neben allem anderen auch sein Leibwächter und er würde ihn nie in einer solch gefährlichen Situation allein lassen, wie sie nun an Bord der LEOPOLD herrschte. Und wenn Mike ganz ehrlich zu sich war, dann war er im Grund sogar sehr froh, nicht allein zu sein. Immerhin war er drauf und dran, ein Kriegsschiff mit einer Besatzung von Hunderten von Soldaten zu entern.

Nicht ganz, flüsterte eine Stimme in seinen Gedanken. Astaroth. Auch der Kater nahm seine Aufgabe offensichtlich ernst und achtete genau darauf, was Mike tat. *Sie beginnen die LEOPOLD zu verlassen. Auf der anderen Seite des Schiffes hat ein kleiner Kutter angelegt. Winterfeld hält Wort – er nimmt nur die Männer mit, die ihn freiwillig begleiten. Aber pass trotzdem auf. Es sind nicht gerade wenige.*

»Wo ist Winterfeld?«, fragte Mike. »Und vor allem Serena?«

Ich weiß es nicht, gestand Astaroth. *Auf dem Schiff herrscht ein furchtbares Chaos. Noch schlimmer als in deinem Kopf.*

Mike seufzte, sagte aber nichts mehr. Astaroth war nun einmal unverbesserlich. Mike konzentrierte sich darauf, Hand über Hand weiter an der Kette emporzuklettern.

Sie hatten den allergrößten Teil der Strecke geschafft, als plötzlich ein so harter Ruck durch die Kette lief, dass Mike um

ein Haar den Halt verloren hätte. Im letzten Moment klammerte er sich fest und auch Singh blieb nur mit Mühe dort, wo er war. Die Kette zitterte und bebte immer stärker – und begann nach oben zu gleiten.

Ein eiskalter Schrecken durchfuhr Mike, als er begriff, was das bedeutete. Die LEOPOLD hatte begonnen die Anker einzuholen! Entsetzt blickte er nach oben. Sie wurden jetzt viel schneller hochgezogen, als sie hatten klettern können, und am Ende dieses Weges wartete eine tödliche Gefahr auf sie – nämlich die vergleichsweise winzige Öffnung, durch die die Ankerkette eingeholt wurde! Noch ein paar Augenblicke und er würde einfach abgestreift werden oder von der starken Winde mit nach innen gezogen und zerquetscht.

»Spring!«, schrie Singh.

Und Mike sprang. Er dachte nicht darüber nach, was er tat; hätte er das getan, wäre er vor Schreck vermutlich einfach erstarrt. Er sammelte all seine Kraft, wartete bis zum allerletzten Moment und stieß sich dann mit aller Gewalt ab. Seine weit vorgestreckten Hände bekamen die stählerne Reling über der Ankerkette zu fassen und klammerten sich fest. Aber der grausame Ruck und sein eigenes Gewicht waren zu viel. Mike spürte, wie seine Finger den Halt auf dem nassen Metall verloren und er Millimeter um Millimeter, unendlich langsam, aber auch unaufhaltsam, wieder abzurutschen begann.

Neben ihm erreichte Singh auf dieselbe Weise die Reling. Der Inder sah sofort, in welcher Gefahr Mike schwebte. Blitzschnell griff er zu, umfing Mikes Hüfte und hielt ihn fest, während er sich nur noch mit einer Hand an der Reling festklammerte.

Die Anstrengung war selbst für den muskulösen Sikh-Krieger fast zu viel. Sein Gesicht verzerrte sich vor Anstrengung, während er Mike langsam wieder in die Höhe schob.

»Schnell!«, keuchte er. »Haltet Euch ... fest – Ich kann Euch ... nicht mehr lange ...!«

Die schiere Todesangst gab Mike noch einmal zusätzliche Kraft. Mit einer letzten, verzweifelten Anstrengung zog er sich in die Höhe, purzelte ungeschickt über die Reling und schlug auf der anderen Seite auf dem stählernen Deck der LEOPOLD auf. Sofort sprang er wieder in die Höhe, griff seinerseits nach Singhs Handgelenken und half nun ihm in Sicherheit zu gelangen.

Anschließend saßen sie fast eine Minute lang keuchend nebeneinander. Mike wurde schwarz vor Augen, und wäre da trotz allem nicht noch immer die nagende Sorge um Serena gewesen, hätte er jetzt vermutlich aufgegeben. Sie waren gerade erst an Bord des Schiffes und schon waren sie dem Tod nur um Haaresbreite entronnen.

Müde wandte Mike den Kopf, und was er sah, ließ ihn abermals schaudern. Unmittelbar neben ihnen rollte sich die Ankerkette klirrend auf einer gewaltigen Winde auf. Hätte er einen Sekundenbruchteil später reagiert oder Singh ihm nicht im letzten Augenblick eine Warnung zugerufen, dann wäre er jetzt vielleicht unter Tonnen von geschmiedetem Stahl begraben ...

»Weiter!«, sagte Singh. Er erhob sich, zog Mike mit einem kraftvollen Ruck auf die Füße und deutete zum Heck der LEOPOLD. Die Schüsse hatten aufgehört, aber auf dem Schiff herrschte trotzdem noch ein heilloses Chaos. Von überallher gellten Schreie, und sie sahen Dutzende von Männern, die in

schierer Panik durcheinander hasteten. Auf der anderen Seite des Schiffes, dort, wo Astaroths Worten nach der Kutter angelegt hatte, schien ein wahrer Tumult ausgebrochen zu sein. Irgendetwas war nicht so, wie es sein sollte.

Was es war, das begriff er erst wirklich, als er die Flammen sah.

Mike blieb wie angewurzelt stehen. Irgendwo auf dem Achterdeck der LEOPOLD brannte es. Plötzlich fiel ihm auch noch mehr auf: Der stählerne Boden unter seinen Füßen zitterte und bebte noch immer – und er war nicht mehr gerade!

Und endlich begriff er wirklich.

Der Ruck, der Singh und ihn beinahe in die Tiefe geschleudert hatte, war nicht nur das Einziehen der Ankerkette gewesen. Was sie gespürt hatten, das war *eine Explosion.* Irgendetwas im Rumpf der LEOPOLD war explodiert, und zwar mit solcher Wucht, dass es einen gewaltigen Krater in das stählerne Deck des Schiffes gerissen – und ganz offensichtlich auch ein Leck unter der Wasseroberfläche verursacht – hatte.

Die LEOPOLD sank!

Singh musste wohl im selben Moment wie er begriffen haben, dass hier etwas nicht stimmte, denn er fuhr wortlos herum und packte den nächstbesten Matrosen am Arm. »Was geht hier vor?«, herrschte er den Mann an.

»Wir sinken!«, keuchte der Matrose in Todesangst. Er versuchte sich loszureißen, aber Singh hielt ihn mit eisernem Griff fest. »Das Schiff sinkt!«, keuchte er immer wieder. »Wir müssen von Bord! Schnell!«

»Was ist passiert?«, fragte Mike noch. Aber der Mann wusste es entweder nicht oder die Angst war zu viel. Er zerrte und riss

mit aller Kraft an Singhs Armen und schließlich gab Mike dem Inder einen Wink, ihn loszulassen. Blitzschnell war er wieder auf den Füßen und rannte davon.

»Serena!«, schrie Mike verzweifelt. »Wo bist du?!«

Und zu seinem Erstaunen bekam er sogar Antwort – wenn auch nicht von der Atlanterin. Plötzlich war Astaroths Stimme wieder in seinem Kopf: *Unter Deck. Sie ist bei Winterfeld! Ich kann nicht genau sagen, wo, aber sie sind nicht in seiner Kabine. Unter Deck. Ein großer Raum voll lärmender Maschinen. Etwas bewegt sich und stampft. Es macht ihr Angst.*

»Der Maschinenraum!«, sagte Mike. »Singh, sie ist im Maschinenraum! Bei Winterfeld! Komm!«

Sie rannten los. Dutzende von Matrosen kamen ihnen entgegen, aber die Männer, die noch vor einer Viertelstunde ohne zu zögern auf sie geschossen hätten, schienen jetzt nicht einmal mehr Notiz von ihnen zu nehmen. Jedermann an Bord versuchte in verzweifelter Angst den Kutter zu erreichen. Und diese Angst war nicht unbegründet. Die Neigung des Bodens hatte spürbar zugenommen und Mike glaubte auch zu sehen, dass das Schiff bereits tiefer im Wasser lag. Die LEOPOLD sank tatsächlich – und sie sank sehr schnell.

Wo ist sie jetzt?

In einem kleineren Raum, neben dem mit den lärmenden Maschinen, antwortete Astaroth. *Sie hat Angst. Winterfeld ist bei ihr. Aber sie hat keine Angst vor ihm.*

Das verwirrte Mike, aber er war auch viel zu aufgeregt, um weiter darüber nachzudenken. Serena war irgendwo tief unter ihnen, und wenn sie tatsächlich in der Nähe des Maschinen-

raumes war, dann hatten sie noch weniger Zeit, als er bisher geglaubt hatte. Er war nicht einmal sicher, dass sie überhaupt noch ausreichte – was immer im Rumpf der LEOPOLD explodiert war, musste ein gewaltiges Leck in das Schiff gerissen haben. Es sank immer schneller.

Dicht vor Singh stürmte er durch eine Tür, sah eine abwärts führende Treppe und rannte sie auf gut Glück hinunter. Auch hier kamen ihnen Männer entgegen, die in kopfloser Panik flüchteten, sodass sich Mike und Singh ihren Weg manchmal mit Gewalt freikämpfen mussten. Die Luft wurde immer schlechter und Mike roch jetzt Flammen und Rauch und heißes Öl. Hier und da waren die metallenen Wände so heiß, dass sie sich verbrannt hätten, hätten sie sie berührt.

Endlich nahm der Menschenstrom ab, der ihnen entgegenkam. Der Boden hatte jetzt eine so starke Neigung, dass Mike manchmal Mühe hatte, nicht auszugleiten, und auch die Hitze nahm immer mehr zu. Rauch erfüllte die Luft und ließ Singh und ihn husten und ganz flüchtig kam ihm zu Bewusstsein, wie absurd es wäre, in einem sinkenden Schiff zu verbrennen.

»Dort!« Singh deutete durch den wirbelnden Qualm nach vorne. »Der Maschinenraum!«

Mike konnte nichts Derartiges erkennen, aber er vertraute auf Singhs Orientierungssinn und stolperte hinter ihm her, und tatsächlich erreichten sie nach wenigen Schritten den Durchgang zum Maschinenraum. Die gewaltigen Motoren des Schiffes liefen noch immer.

Auf der anderen Seite!, sagte Astaroth. *Eine Stahltür. Beeilt euch!*

Diesmal war es Mike, der ihr Ziel als Erster ausmachte. Mit gewaltigen Sprüngen hetzte er zwischen den dröhnenden Maschinenungeheuern hindurch. Er schrie ununterbrochen Serenas Namen, aber der Lärm der Motoren verschluckte seine Stimme.

Dafür hörte er jedoch etwas anderes, und obwohl er nicht wusste, was dieser Laut zu bedeuten hatte, jagte er ihm einen eisigen Schauder über den Rücken: Ein dumpfes, lang nachhallendes Dröhnen, das sich immer und immer wiederholte und aus allen Richtungen zugleich zu kommen schien, als schlügen hundert unsichtbare Riesen mit gewaltigen Hämmern auf den Rumpf der LEOPOLD ein –

oder als schlügen gewaltige Stahltüren hinter ihnen zu ...

»Großer Gott!«, keuchte Mike. »Die Schotten! Sie schließen sich!«

Und genau das war es: Wie jedes moderne Schiff verfügte die LEOPOLD über gewaltige, stählerne Türen, die im Falle eines Wassereinbruchs dafür sorgen sollten, dass nicht das ganze Schiff überflutet wurde – und die sich offenbar automatisch schlossen. Das Schiff verwandelte sich in genau diesem Moment in ein Labyrinth aus Hunderten von luft- und wasserdicht verschlossenen Kammern und Gängen und in eine tödliche Falle, in der sie vielleicht vor dem eindringenden Wasser sicher waren, aus dem es aber auch kein Entkommen mehr gab. Mike beobachtete entsetzt, wie sich eine gewaltige Stahlplatte vor die Tür zu schieben begann, auf die Singh und er zurannten. Er legte noch einmal Tempo zu, überwand die letzten Meter mit einem einzigen, verzweifelten Satz und sprang durch den zufallenden Eingang. Ungeschickt schlug er auf dem Boden auf,

wälzte sich auf den Rücken und sah, wie Singh im buchstäblich allerletzten Moment durch die Öffnung hechtete. Hinter ihm schlug das Panzerschott mit einem dumpfen, dröhnenden Laut zu. Es war ein Geräusch, als schlösse sich ein gusseiserner Sargdeckel über ihnen.

»Bravo«, sagte eine wohl bekannte Stimme.

Mike wandte den Blick – und sah sich Winterfeld gegenüber. Der Kapitän der LEOPOLD stand keine zwei Meter neben ihm und sagte mit einem sonderbaren Lächeln: »Das war eine reife Leistung. Ich hätte nicht gedacht, dass du es schaffst.« Nach einer Sekunde des Zögerns fügte er hinzu: »Aber es war nicht besonders klug, mit Verlaub gesagt.«

Mike stand auf. Winterfeld war nicht allein. Neben ihm stand eine zitternde, leichenblasse Serena, die Mike aus angsterfüllten Augen ansah – und trotzdem begriff er sofort, dass das, was er in ihren Augen las, nicht die Angst vor Winterfeld war.

Winterfeld folgte seinem Blick und lächelte abermals. »Ihr beide scheint wirklich aneinander zu hängen«, sagte er spöttisch.

»Was haben Sie ihr getan?«, fragte Mike. »Wenn Sie ihr –«

»Bitte!« Winterfeld hob abwehrend die Hände. »Ich wollte das nicht. Es tut mir sehr Leid.«

»Was tut Ihnen Leid?«, fragte Mike.

»Brockmann«, sagte Winterfeld. »Ich gestehe es ungern – aber ich habe ihn wohl unterschätzt.«

»Brockmann?« Mike runzelte verstört die Stirn. »Ich verstehe nicht. Was ... was ist mit ihm?«

Winterfeld lachte bitter. »Kommst du wirklich nicht von selbst darauf?«, fragte er. »Dieser Narr! Er konnte der Versuchung ein-

fach nicht widerstehen, den Heldentod zu sterben. Für Kaiser und Vaterland! Wenn es nicht so traurig wäre, könnte man beinahe darüber lachen.«

»Wieso?«, fragte Mike. »Was ist mit ihm? Wo ist er?«

»Er ist tot«, sagte Winterfeld ruhig. »Dieser verdammte Narr hat sich selbst in die Luft gesprengt. Ich weiß nicht, wie, aber irgendwie muss er herausgefunden haben, wo die Zünder für die Sprengladungen sind, die ich habe legen lassen, um die LEOPOLD zu versenken. Er hat sie ausgelöst.«

»Wie?«, murmelte Mike verwirrt. »Sie meinen, er ... er hat sich selbst in die Luft gesprengt?«

»Ja«, bestätigte Winterfeld. »Vielleicht hat er gehofft, meine Pläne damit zunichte machen zu können. Aber ich muss dich enttäuschen, wenn du das jetzt auch glaubst. Wir sinken zwar zu früh, aber das macht keinen großen Unterschied. Die Strömung wird die LEOPOLD so oder so in den Vulkankrater tragen.«

Über ihnen fielen weitere Panzertüren ins Schloss. Das dumpfe Dröhnen der Riesenhämmer hielt an und plötzlich war die Angst da. Sie sprang Mike wie ein Raubtier an das bisher geduldig in dem Schatten gelauert und auf seine Beute gewartet hatte.

»Es tut mir Leid, Mike«, sagte Winterfeld. »Ich wollte das nicht, aber so, wie es aussieht, werde ich jetzt wohl doch nicht allein auf den Meeresgrund sinken.«

»Aber wir ... wir sind doch hier sicher«, stammelte Mike. Er deutete mit einer fahrigen Geste auf die stählernen Wände. »Hören Sie doch! Die Schotten schließen sich. Wir sind zwar gefangen, aber das Wasser kann nicht herein!« Seine Stimme bebte. Er stieß die Worte fast atemlos hervor, wie etwas, von

dem er sich nur verzweifelt genug einreden musste, dass es die Wahrheit war, um es auch dazu zu machen.

»Wir werden sterben, Mike«, sagte Serena leise.

»Das werden wir nicht!«, antwortete Mike heftig. »Hab keine Angst. Trautman wird uns herausholen. Wir haben genug Luft für ein paar Stunden, und sobald wir auf dem Meeresgrund sind, kann die NAUTILUS an der LEOPOLD andocken und uns –«

»Nein, Mike, das haben wir nicht«, unterbrach ihn Winterfeld. »Das Schiff sinkt. Ich habe berechnet, dass es fünfzehn Minuten brauchen wird, um den Meeresgrund zu erreichen. Und genau auf diese Frist sind auch die Zeitzünder eingestellt, die mit dem Sprengstoff in den Laderäumen gekoppelt sind.«

»Aber Sie haben sie nicht ausgelöst!«, protestierte Mike. »Lügen Sie mich nicht an! Das konnten Sie gar nicht! Alles ist viel zu schnell gegangen!«

»Das ist wahr«, sagte Winterfeld traurig. »Aber es war auch nicht nötig. Als Brockmann die Sprengladungen gezündet hatte, wurden sie automatisch aktiviert. Die Zünder sind so konstruiert, dass sie sich von selbst schärfen, sobald die Laderäume der LEOPOLD unter Wasser stehen.« Er atmete hörbar ein. »In fünfzehn Minuten erreichen wir den Meeresgrund und spätestens eine Minute danach wird die LEOPOLD gesprengt.«

Für einige Sekunden herrschte vollkommene Stille. Rings um sie herum tobte ein wahrer Höllenlärm – und trotzdem war es zugleich still, auf eine Weise, die Mike dieses Schweigen fast wie etwas körperlich Anwesendes empfinden ließ. Vielleicht, überlegte Mike, ist es das, was man unter dem Wort *Grabesstille* zu verstehen hat – nicht etwa die Angst vor dem Sterben, sondern

die absolute Gewissheit des bevorstehenden Todes. Sie waren verloren. Es gab keine Rettung mehr. Sie waren gefangen in einem stählernen Sarg, der dem Meeresboden entgegensank. Seltsam – aber er hatte plötzlich überhaupt keine Angst mehr.

Dann aber sah er wieder in Serenas Gesicht und in ihren Augen entdeckte er die Furcht, die er in sich selbst vermisste, Furcht – und Zorn, den er im ersten Moment nicht verstand. Aber dann begriff er, wogegen sich dieser Zorn richtete – nämlich gegen das Schicksal selbst, ein Schicksal, das sich einen wahrhaft grausamen Scherz mit ihr erlaubt hatte, denn es hatte ihr ein zweites Leben geschenkt, nur um es ihr nach mehr als einem Jahr wieder wegzunehmen. Mike verspürte noch immer keine Angst, aber plötzlich empfand er ein so tiefes Gefühl von Mitleid, dass er einfach nicht anders konnte als auf sie zuzutreten und sie in die Arme zu schließen.

Winterfeld, der ihnen zusah, verstand die Bedeutung dieser Geste wohl vollkommen falsch, denn er sagte sehr mitfühlend: »Es tut mir wirklich Leid. Das ... das war das Letzte, was ich wollte, bitte glaubt mir.«

Ohne Serena loszulassen oder Winterfeld anzusehen, antwortete Mike: »Es wird nicht besser, wenn Sie immer wieder dasselbe sagen.« Aber er glaubte Winterfeld. Das Mitgefühl und die Schuld in seiner Stimme waren nicht geheuchelt.

»Wie lange noch?«, fragte Singh.

Winterfeld klappte den Deckel seiner Taschenuhr auf und sah auf das Zifferblatt. »Noch zehn Minuten. Vielleicht zwölf. Ich weiß, es ist ein schwacher Trost, aber es wird schnell gehen. Ich glaube nicht, dass ihr etwas spüren werdet.«

»Und Sie werden nie erfahren, ob Ihr Plan aufgegangen ist«, sagte Mike.

»Das wird er«, behauptete Winterfeld überzeugt. »Ich werde diesen Krieg beenden, so oder so. Selbst wenn wir zu weit abgetrieben würden und die LEOPOLD wirkungslos explodierte, werden die anderen Schiffe ausreichen. Ich ... ich habe es vorhin nicht gesagt, um dich nicht noch mehr zu entmutigen, aber das, was wir auf dem Meeresgrund gefunden haben, übertrifft alle meine Erwartungen.«

»Die Vulkane?«

»Der Vulkan«, berichtigte ihn Winterfeld. »Es ist nur eine einzige gewaltige Lavaader mit mehreren Kratern. Ich bin sicher, dass der Ausbruch eines einzigen ausreicht, um eine Kettenreaktion hervorzurufen. Eines der Schiffe wird treffen.«

Na, hoffentlich freut er sich da nicht zu früh, sagte Astaroths Stimme hinter Mikes Stirn. *Trautman hat soeben die ersten beiden Schiffe torpediert. Und die anderen kommen gleich dran.*

»Torpediert?«, antwortete Mike laut. Winterfeld runzelte die Stirn und Serena sah ihn fragend an.

»Astaroth?«

»Ja«, antwortete Mike laut.

Und Nummer drei, sagte Astaroth fröhlich. *Sie sind so leicht zu treffen. Der vierte Torpedo ist auch schon unterwegs. Ich soll dir noch sagen, dass wir euch rausholen – aber es wird vielleicht ein bisschen knapp. Zuallererst müssen wir die Schiffe torpedieren. Winterfeld hat Recht, weißt du? Wenn auch nur ein einziges sein Ziel erreicht, fliegt der halbe Nordpol in die Luft.*

»Was hat er gesagt?«, fragte Serena aufgeregt.

»Dass wir vielleicht noch eine Chance haben«, antwortete Mike. Plötzlich war er so aufgeregt, dass er nicht mehr stillstehen konnte.

»Was geht hier vor?«, fragte Winterfeld misstrauisch. »Wovon redet ihr eigentlich?«

Bevor Mike antworten konnte, drang ein dumpfes Grollen und Rumoren an ihr Ohr und nur einen Augenblick später schüttelte es die LEOPOLD so heftig, dass sich Serena instinktiv an Mike festklammerte und dieser Mühe hatte, überhaupt auf den Beinen zu bleiben.

»Was war das?«, fragte Winterfeld erschrocken.

»Das«, antwortete Mike in beinahe fröhlichem Ton, »war eines Ihrer Sprengstoffschiffe. Das vierte, um genau zu sein. Und die anderen erwischt die NAUTILUS auch noch.«

»Die NAUT–« Winterfeld stockte mitten im Wort. Seine Augen wurden groß.

»Das Schiff ist nicht ganz wehrlos«, sagte Mike. »Anscheinend haben Sie das vergessen – oder haben Ihnen Ihre Ingenieure nicht gesagt, dass die NAUTILUS Torpedos an Bord hat?« Plötzlich grinste er. »Ich hätte nicht gedacht, dass man die Teufelsdinger irgendwann einmal nutzbringend einsetzen kann. Aber es funktioniert.«

Das Grollen einer weiteren Explosion drang zu ihnen, noch lauter und noch näher diesmal – und für Mikes Geschmack schon ein bisschen zu nahe. Das sechste und letzte Schiff schließlich musste sich in unmittelbarer Nähe der LEOPOLD befunden haben. Das Krachen der Explosion schien Mikes Trommelfelle zu zerreißen und die Erschütterung war so gewaltig,

dass sie alle von den Füßen gefegt wurden. Der Boden lag merklich schräger, als Mike sich wieder aufrichtete, und seine Ohren klingelten.

Winterfelds Gesicht hatte alle Farbe verloren. Er hatte sich die Stirn angeschlagen und blutete aus einer Platzwunde über dem linken Auge, aber das schien er nicht einmal zu bemerken. »Das nutzt euch alles nichts«, sagte er. »Mein Kompliment – ich habe Trautman wohl unterschätzt.«

»Das scheint Ihnen ja öfter zu passieren«, sagte Mike.

Winterfeld fuhr unbeeindruckt fort: »Mein Plan wird trotzdem aufgehen.« Er sah auf die Uhr. »Noch sieben Minuten!«

»Und?«, fragte Serena. »Die NAUTILUS hat noch genügend Torpedos.«

»Trautman wird es nicht wagen, auf die LEOPOLD zu schießen«, behauptete Winterfeld. »Damit wird er euch auch umbringen. Und das tut er nicht.«

Das Schlimme ist, dachte Mike, dass er damit vermutlich Recht hat. Ganz egal, welche Folgen es hatte – Trautman würde niemals dieses Schiff torpedieren, solange sie an Bord waren. Auf die unbemannten Sprengstoffschiffe zu feuern war eine Sache, aber er würde niemals die LEOPOLD torpedieren. Es sei denn ...

Langsam drehte er sich zu Serena herum und sah sie an. Die Atlanterin sagte nichts und auch Mike schwieg, aber für einen Moment war es fast, als könnte Serena seine Gedanken lesen. Sie wusste, was Mike plante, und sie beantwortete seine lautlose Frage mit einem ebenso wortlosen Nicken.

»Astaroth«, sagte Mike laut. »Mach Trautman klar, dass wir

nicht mehr am Leben sind. Wenn er denkt, dass wir schon tot sind, wird er die LEOPOLD vernichten.«

Winterfeld keuchte vor Überraschung und Zorn, und Astaroth antwortete:

Guter Plan. Und wie soll ich das tun, bitte schön?

»Du musst!«, beharrte Mike. »Ganz gleich, wie. Ich bin sicher, du kannst es! Lass dir etwas einfallen.«

»Hör auf!«, krächzte Winterfeld. »Hör sofort auf oder –«

»Oder was?«, fragte Mike. »Wollen Sie mich umbringen? Astaroth!«

Schon gut, schon gut!, maulte der Kater. *Ja, wahrscheinlich könnte ich es. Aber es ist nicht nötig. Trautman hat einen besseren Plan.*

»Und welchen?«, fragte Mike.

Also, das verrate ich euch lieber nicht, antwortete Astaroth. *Aber HALTET EUCH FEST!*

Mike kam nicht einmal mehr dazu, Serena oder Singh eine Warnung zuzurufen. Er konnte regelrecht spüren, wie irgendetwas Riesiges, unvorstellbar Schnelles auf die LEOPOLD zuschoss, und in der nächsten Sekunde erbebte das Schiff unter einem ungeheuerlichen Schlag. Metall zerriss kreischend.

Mike wurde von den Füßen gerissen und segelte kopfüber durch die Kabine. Er prallte gegen Winterfeld, riss ihn von den Füßen und stürzte gleich darauf ein zweites Mal, als er aufzuspringen versuchte und das Schiff erneut wie unter einem Hammerschlag erbebte.

Als er sich wieder aufrichtete, bot die winzige Kabine einen chaotischen Anblick. Alles, was nicht niet- und nagelfest war,

war losgerissen und zertrümmert. Eine der Wände hatte eine Beule bekommen und die Tür aus zentimeterdickem Panzerstahl war aus den Angeln gerissen und wie dünnes Papier zerknüllt worden. Durch die Öffnung konnte man in den Maschinenraum blicken – besser gesagt in das, was einmal der Maschinenraum der LEOPOLD gewesen war. Jetzt war es ein einziger Trümmerhaufen. Die riesigen Aggregate waren zum Großteil zerschmettert und aus den Fundamenten gerissen worden. Überall lagen Trümmer und verdrehte Metallteile herum und an zahllosen Stellen waren kleine Brände aufgeflammt. Und inmitten dieses Chaos erhob sich ein grün schimmerndes, gezacktes Ungeheuer, das sie aus zwei gewaltigen Glotzaugen anzustarren schien.

»Die NAUTILUS!«, flüsterte Mike ungläubig. »Das ... das ist die NAUTILUS!«

Er hatte Recht – der stählerne Riesenspeer, der die LEOPOLD getroffen hatte, war nichts anderes als die NAUTILUS selbst. Trautman musste das Schiff auf volle Geschwindigkeit beschleunigt und die LEOPOLD gerammt haben. Und das so zielsicher und mit solcher Wucht, dass der Rammsporn des Unterseebootes den gepanzerten Rumpf glatt durchschlagen hatte.

»Unmöglich!«, keuchte Winterfeld. »Das ... das kann gar nicht sein! Das ist ganz und gar unmöglich!«

»Da!«, schrie Singh plötzlich. »Das Wasser kommt! *Lauft!*«

Die NAUTILUS füllte die Öffnung, die sie gewaltsam in den Rumpf der LEOPOLD geschlagen hatte, fast vollkommen aus, wie ein stählerner Korken in einem Flaschenhals. Doch rings um das Schiff herum begann sich das Wasser einen Weg zu bahnen.

Noch war es nur ein dünnes Rinnsal, aber Mike sah auch, dass die Risse im Metall rasend schnell größer wurden. Die LEOPOLD musste bereits Hunderte von Metern gesunken sein und der Wasserdruck war in dieser Tiefe bereits so enorm, dass er einen haarfeinen Riss binnen weniger Sekunden zu einem Spalt und dann zu einem klaffenden Leck verbreitern würde. Schon wurde aus dem Rinnsal ein Strom und dann ein sprudelnder Wasserfall, der sich an der NAUTILUS vorbei in die Maschinenhalle ergoss. Mike griff nach Serenas Hand und zerrte sie hinter sich her, so schnell er nur konnte.

Hinterher wurde ihm klar, dass sie kaum mehr als eine Minute gebraucht haben konnten, um die NAUTILUS zu erreichen, aber es war eine Minute ohne Ende. Aus dem Wasserfall wurde ein reißender Katarakt, der sich brüllend und sprudelnd in die Halle ergoss und sie mit eisiger Gischt überschüttete. Sie kamen mit jedem Schritt langsamer voran. Das Wasser war unvorstellbar kalt und es warf sich Serena und ihm mit immer größerer Gewalt entgegen. Schließlich trat Singh hinter sie und versuchte sie vorwärts zu schieben, aber nicht einmal seine Kräfte reichten dazu aus. Irgendwie gelang es ihnen zwar, auf den Füßen zu bleiben, aber sie kamen nicht mehr von der Stelle.

Wahrscheinlich wäre es um sie geschehen gewesen, wäre nicht in genau diesem Moment die Turmluke der NAUTILUS aufgeflogen und hätte Ben ihnen nicht ein Seil zugeworfen.

Mike griff blindlings danach. Mit aller Gewalt klammerte er sich daran fest und hinter ihm griffen auch Serena und Singh nach dem rettenden Seil, das genau in diesem Moment mit einem Ruck straff gezogen wurde. Ben musste das Tau wohl

an einer Winde befestigt haben, denn sie wurden richtiggehend auf die NAUTILUS zugerissen.

Mike prallte gegen den stählernen Rumpf der NAUTILUS. Aber er ließ das Seil nicht los, sodass er weitergezerrt wurde. Erst als die stählerne Treppe zum Turm hinauf vor ihm lag, löste er seinen Griff und nutzte den Schwung, den er noch immer hatte, um auf die Füße zu springen und sich zu Serena herumzudrehen. Die Atlanterin war jedoch schon aus eigener Kraft auf die Füße gekommen und war mit einem Sprung an ihm vorbei, und keine halbe Sekunde später folgte ihr Singh, wobei er Mike einfach am Kragen ergriff und mit sich zerrte. Erst als sie den Turm erreicht hatten und Serena bereits die Treppe hinunterpolterte, ließ Singh Mike wieder los.

Aber Mike folgte ihnen nicht sofort, sondern wandte sich noch einmal um, um zu Winterfeld zurückzusehen. Was er sah, das ließ ihn vor Schrecken einen Moment erstarren.

Winterfeld stand unter der aus den Angeln gerissenen Tür und starrte zu ihnen herüber. Sein Gesicht war voller Blut, und obwohl der Boden der Maschinenhalle eine starke Schräglage hatte, reichte ihm das Wasser bereits bis zu den Knien und es stieg in jeder Sekunde höher. Überall bildeten sich Strudel und schäumende Wirbel und auf der Wasseroberfläche tanzten metallene Trümmer. Wahrscheinlich war es bereits jetzt unmöglich, die NAUTILUS noch zu erreichen ohne zu ertrinken oder von den gefährlichen Metallstücken tödlich verletzt zu werden. Trotzdem bildete Mike mit den Händen einen Trichter vor dem Mund und schrie, so laut er nur konnte:

»Winterfeld! Kommen Sie her!«

»Niemals!«, brüllte Winterfeld zurück. Seine Stimme war schrill und drohte überzuschnappen, die Stimme eines Wahnsinnigen. »Ich werde Erfolg haben! Ihr habt keine Chance! Jetzt werdet ihr alle sterben, ihr Narren!«

Mike wollte antworten, aber Ben packte ihn grob am Arm und zerrte ihn herum. »Das hat doch keinen Sinn!«, schrie er. »Er will nicht hören, begreif das doch! Und er hat Recht – wir werden alle draufgehen, wenn wir noch lange hier herumstehen! Das Schiff sinkt wie ein Stein!«

Natürlich hatte Ben Recht. Es ging buchstäblich um Sekunden. Und selbst wenn Winterfeld hätte hören wollen, wäre es wahrscheinlich längst zu spät gewesen. Das Wasser strömte immer stärker und schneller herein. Kein Mensch auf der Welt konnte durch diese sprudelnde Hölle schwimmen.

Und trotzdem drehte er sich noch einmal herum. Das Wasser reichte dem Kapitän der LEOPOLD jetzt bis zur Brust und es umspülte ihn mit solcher Wucht, dass er sich mit beiden Händen am Türrahmen festklammern musste, um nicht umgerissen zu werden. Es war so, wie Ben gesagt hatte – Winterfeld *wollte* nicht gerettet werden. Schweren Herzens drehte sich Mike herum und begann die Treppe ins Innere der NAUTILUS hinabzusteigen.

Der Salon der NAUTILUS bot einen ungewohnten Anblick, denn er war voller Menschen. Nicht nur die gesamte Besatzung des Tauchbootes, sondern auch die Soldaten der LEOPOLD und Stanley drängelten sich um Trautman und Juan, die mit verbissenen Gesichtern und hektischen Bewegungen an den Kontrollen arbeiteten. Schon auf dem Weg hier herunter hatte Mike

gehört, wie die Maschinen der NAUTILUS wieder ansprangen und mit voller Kraft arbeiteten. Jetzt hatte sich ihr Geräusch in ein gewaltiges Dröhnen und Brausen verwandelt, das beinahe jeden anderen Laut verschluckte. Das Schiff zitterte heftig unter Mikes Füßen und er hörte einen schrecklichen, mahlenden Laut, der ihm einen Schauer über den Rücken trieb.

Noch ungewöhnlicher als die Anzahl der Personen hier drinnen war allerdings der Ausdruck auf Trautmans Gesicht – es war nackte Angst. Etwas stimmte hier nicht.

»Was ist los?«, fragte Mike.

Trautman antwortete nicht, sondern hantierte weiter an den Kontrollinstrumenten, und auch Juan sah nur einmal kurz auf, aber Chris sagte: »Wir sitzen fest.«

»*Wie bitte?!*« Mike hatte das Gefühl, unversehens einen eiskalten Wasserguss abbekommen zu haben. Er begriff sofort, was Chris' Worte bedeuteten, aber für eine Sekunde weigerte er sich einfach, es zu glauben.

»Was ... was soll das heißen?«, stammelte er.

»Genau das, was er gesagt hat«, antwortete Trautman an Chris' Stelle. »Wir hängen fest. Die NAUTILUS hat sich irgendwo verhakt.« Sein Gesicht war starr vor Konzentration und auf seiner Stirn perlte Schweiß. Aber seine Stimme zitterte vor Furcht – ein Gefühl, das Mike noch niemals bei ihm erlebt hatte. Wie viel Zeit bleibt uns noch?, dachte Mike. Drei Minuten? Vier? Kaum mehr.

»Versuchen Sie es!«, sagte Stanley überflüssigerweise. »Wenn das, was das Mädchen sagt, stimmt, dann geht es um Sekunden.« Offensichtlich hatte Serena bereits erzählt, was geschehen würde, wenn die LEOPOLD den Meeresgrund berührte.

»Ich tue ja, was ich kann«, antwortete Trautman. »Die Maschinen laufen schon mit aller Kraft. Wenn ich sie noch weiter hochjage, explodieren sie! Es geht einfach nicht! Wir hängen fest!«

Mikes Blick glitt durch das große Aussichtsfenster nach draußen. Die NAUTILUS hatte sich ein Stück zurückbewegt, sodass vor dem runden Fenster nun wieder das Wasser des offenen Ozeans sichtbar war – aber er sah auch die gewaltige Flanke der LEOPOLD, die wie ein stählerner Berg vor ihnen aufragte. Also wird Winterfeld letzten Endes doch triumphieren, dachte er. Ob sein wahnsinniger Plan nun doch aufging oder nicht – sie würden alle gemeinsam sterben, denn so fantastisch und widerstandsfähig die NAUTILUS auch war, die Explosion der zigtausend Tonnen Sprengstoff, die in den Lagerräumen der LEOPOLD lagen, würde nicht einmal sie überstehen.

»Wie viel Zeit haben wir noch?«, fragte Stanley nervös.

»Zwei Minuten«, murmelte Trautman. »Allerhöchstens drei, dann haben wir den Meeresboden erreicht.« Plötzlich sah er auf und starrte Mike stirnrunzelnd an. »Was hat Winterfeld über die Zünder gesagt?«, fragte er.

Mike war verwirrt. »Zünder?«

»Die an den Sprengladungen«, antwortete Trautman ungeduldig. »Welcher Art sind sie? Schnell!«

»Ich weiß nicht«, murmelte Mike. »Er hat gar nichts ... was soll das denn überhaupt?«

»Sind es Zeitzünder oder reagieren sie auf den Wasserdruck?«

Sie sind druckempfindlich, sagte Astaroths Stimme in seinem Kopf. *Er ist schon tot, aber sein letzter Gedanke war, dass der Wasserdruck die Sprengladungen auslösen wird.*

»Wasserdruck«, sagte Mike. »Sie reagieren darauf.«

»Dann haben wir vielleicht eine Chance«, antwortete Trautman. »Juan, gib alle Kraft auf die Höhenruder. Wir tauchen auf!«

Während Juan tat, was Trautman ihm befohlen hatte, tauschte Mike einen vollkommen verständnislosen Blick mit Serena. Die junge Atlanterin schien ebenso wenig zu verstehen wie er, was Trautmans Frage zu bedeuten hatte.

Stanleys Gesicht jedoch hellte sich auf. »Genial!«, sagte er. »Wenn Sie es schaffen, die LEOPOLD aufzuhalten, gewinnen wir Zeit. Vielleicht genug, um loszukommen!«

Und jetzt verstand Mike. Die Sprengladungen wurden ausgelöst, sobald die LEOPOLD eine bestimmte Tiefe erreicht hatte. Vielleicht reicht die Kraft der NAUTILUS ja, das Schiff festzuhalten. Und solange sie ihre Tiefe hielten – oder vielleicht sogar ein wenig aufstiegen –, würden die Zünder nicht reagieren.

Aber es war nur eine Theorie. Diesmal, so schien es, hatten sie die Möglichkeiten der NAUTILUS überschätzt. Mike las es auf Trautmans Gesicht, noch ehe er die Worte aussprach.

»Sinnlos«, flüsterte Trautman niedergeschlagen. »Wir sinken weiter. Nicht mehr ganz so schnell, aber noch immer schnell genug. Wir haben allerhöchstens eine Minute gewonnen.«

Mike unterdrückte ein enttäuschtes Stöhnen. Er sah nach draußen und versuchte den Meeresboden zu erkennen, aber unter ihnen war nichts als Schwärze.

Plötzlich sog Stanley scharf die Luft ein. »Die Torpedos!«, sagte er.

Trautman blickte auf. »Was soll damit sein?«

»Sie funktionieren doch noch, oder?«

Trautman nickte. »Sicher! Aber was soll's? Soll ich die LEOPOLD torpedieren? Dann fliegen wir mit in die Luft.«

»Sie funktionieren nach demselben Prinzip wie unsere Torpedorohre, oder?«, fragte Stanley. Trautman nickte abermals und der Kapitän fuhr in aufgeregtem Tonfall fort: »Sie werden mit Pressluft abgefeuert! Verstehen Sie nicht? Schießen Sie mit leeren Rohren! Vielleicht reicht der Rückstoß, um uns loszureißen!«

Eine Sekunde lang starrte Trautman den Engländer verblüfft an, dann fuhr er herum. »Schnell! Rohr eins und zwei mit Pressluft fluten! Sofort feuern!«

Juans Hände hämmerten mit solcher Wucht auf die Schalter herunter, als wollte er sie zerbrechen. Ein scharfes Zischen erklang und schon wenige Sekunden später erzitterte die gesamte NAUTILUS. Ein Schwall silberner Luftblasen sprudelte am Fenster vorüber und Mike konnte spüren, wie sich das Schiff ein Stück rückwärts bewegte. Sein Aufatmen wurde von einem schrecklichen Kreischen und Schrillen beendet, mit dem das Schiff wieder zur Ruhe kam, aber Trautman schrie sofort:

»Juan! Noch einmal!«

Juan gehorchte. Es dauerte einige Sekunden, bis sie die Torpedorohre wieder mit Pressluft gefüllt hatten, die normalerweise dazu diente, die tödlichen Geschosse abzufeuern, dann erzitterte die NAUTILUS ein zweites Mal und wieder verschwand das Meer auf der anderen Seite des Fensters hinter einem silbernen Vorhang aus Perlen.

Als er auseinander trieb, konnte Mike den Meeresgrund sehen. Die schwarze Mondlandschaft aus kahlem Fels und sprudelndem Wasser schien regelrecht zu ihnen heraufzuspringen.

Es konnte jetzt nur noch wenige Augenblicke dauern, bis sie aufschlugen.

Aber er sah auch noch etwas. Nur ein kleines Stück unter den beiden ineinander verkeilten Schiffen brach der Meeresboden jäh ab und ging in einen abgrundtiefen, schwarzen Schlund über. Der Kanal, den sie bei ihrem ersten Tauchgang entdeckt hatten. Und auch wenn die Kraft der NAUTILUS nicht reichte, den Sturz des gewaltigen Kriegsschiffes aufzuhalten, so reichte sie doch aus, seinen Kurs zu ändern. Mike begriff ganz plötzlich, dass sie nicht auf dem Meeresgrund aufschlagen würden – sie bewegten sich direkt auf den Abgrund zu!

Serena trat neben ihn und ergriff seine Hand. Mike umklammerte ihre Finger so fest, dass es ihr wehtun musste, aber Serena lächelte nur.

»Noch einmal!«, sagte Trautman. »Wir schaffen es. Ich kann es fühlen. Wir kommen frei, Juan!«

Alles schien gleichzeitig zu geschehen. Die Torpedorohre der NAUTILUS entluden sich ein drittes Mal und den Bruchteil einer Sekunde bevor der sprudelnde Luftstrom die LEOPOLD ihren Blicken entzog, konnte Mike sehen, wie die NAUTILUS regelrecht aus dem Loch herauskatapultiert wurde, in dem sie bisher gefangen gewesen war. Das Schiff machte einen regelrechten Satz nach hinten und war frei.

Und die LEOPOLD explodierte.

Es war, als wäre tausend Meter unter dem Meer eine zweite, gleißend helle Sonne aufgegangen. Ein unvorstellbar greller Blitz löschte die ewige Dunkelheit vor dem Fenster aus. Mike schrie auf und schlug schützend die Hände vor die Augen. Fast im sel-

ben Moment traf ein ungeheuerlicher Schlag die NAUTILUS, der sie alle von den Füßen fegte.

Das Schiff überschlug sich. Der Boden wurde plötzlich zur Decke und umgekehrt, aber noch bevor sie stürzen und sich dabei verletzen konnten, richtete sich die NAUTILUS wieder auf und kippte dann auf die Seite. Der Meeresgrund vor dem Fenster machte einen Salto, sprang ihnen entgegen –

und war verschwunden. Plötzlich war unter ihnen nichts mehr.

Das Letzte, was Mike von der LEOPOLD sah, war ein Regen aus brennenden, rot glühenden Metalltrümmern, der in kilometerweitem Umkreis auf den Meeresboden herabfiel. Das Schiff war explodiert, aber zu früh. Vielleicht durch einen Zufall, vielleicht durch einen Fehler, den Winterfelds Ingenieure bei der Konstruktion der Zünder begangen hatten, vielleicht sogar ausgelöst durch die Druckwelle, die die Torpedorohre der NAUTILUS hervorgerufen hatten. Es spielte keine Rolle. Die LEOPOLD war explodiert, lange bevor sie den Meeresgrund und damit die dünne Basaltdecke über der Lavaader erreichen konnte, und Winterfelds Plan war fehlgeschlagen. Die große Katastrophe, die er hatte heraufbeschwören wollen, würde nicht eintreten.

Mike arbeitete sich mühsam in die Höhe, bückte sich zu Serena und überzeugte sich davon, dass auch sie unverletzt war, dann wandte er sich zu Trautman und den anderen um. Die meisten hockten noch mit benommenen Gesichtern am Boden und schienen ein bisschen erstaunt zu sein, dass sie überhaupt noch lebten, aber Trautman stand bereits wieder an den Kontrollinstrumenten und Mike konnte hören, wie sich das Geräusch der Motoren erneut veränderte.

Irgendetwas stimmte nicht.

Auf Trautmans Gesicht hatte sich ein Ausdruck der Erleichterung breit gemacht, aber nur für wenige Sekunden. Plötzlich war der Schreck wieder da, ebenso groß wie zuvor. Seine Finger huschten immer hektischer über die Kontrollinstrumente.

»Was ... was ist los?«, fragte Mike.

»Die Strömung«, antwortete Trautman gepresst. »Ich komme nicht los. Die Strömung hat uns ergriffen.«

Mike sah ihn sekundenlang wortlos an, dann drehte er sich wieder zum Fenster und blickte hinaus.

Er erblickte nichts als Schwärze. Der Meeresboden war abermals verschwunden, aber Mike wusste auch, dass er jetzt im Grunde schon *über* ihnen lag. Die tödliche Strömung hatte die NAUTILUS erfasst – und es war genau so, wie er Winterfeld gegenüber behauptet hatte: Nicht einmal die gewaltige Kraft der NAUTILUS reichte aus, *diesen* Gewalten zu widerstehen.

»Hält das Schiff den Druck aus?«, fragte Stanley.

»Ich glaube schon«, antwortete Trautman. »Wir waren schon tiefer, ohne dass etwas passiert wäre. Aber ich komme nicht frei. Die Strömung ist einfach zu stark.«

Stanley antwortete irgendetwas, aber Mike hörte gar nicht mehr hin. Er blickte in die brodelnde Schwärze vor dem Fenster hinaus. Serena trat erneut neben ihn, aber als sie diesmal nach seinen Fingern greifen wollte, hob er die Hand und legte den Arm um ihre Schulter, und als er ihre warme Berührung spürte, durchströmte ihn ein Gefühl von Sicherheit und Trost, das die Furcht vor dem, was er sah, auslöschte.

»Was geschieht jetzt?«, fragte Serena leise.

Mike wusste es nicht. »Ich weiß es nicht«, sagte er leise. »Wohin immer dieser Mahlstrom führt, wir werden mitgerissen. Aber keine Angst. Wir werden es schaffen. Ich bin ganz sicher.«

Serena sah ihn zweifelnd an und zu seiner eigenen Überraschung spürte Mike plötzlich, wie ein zuversichtliches Gefühl in ihm aufstieg. Es waren nicht nur leere Worte. Sie wussten weder, wohin sie dieser Fluss unter dem Meer trug, noch, was sie dort erwartete, aber er war plötzlich vollkommen sicher, dass am Ende alles gut werden würde. Und er hatte immer noch keine Angst.

Jetzt nicht mehr und vielleicht überhaupt nie wieder im Leben. Sie hatten die Welt vor einer unvorstellbaren Katastrophe gerettet und das allein zählte – auch wenn es außer ihnen nie irgendjemand erfahren würde.

Es vergingen noch einige Sekunden, dann schaltete Trautman die Motoren ab, deren Kraft ohnehin wirkungslos verpuffte, und Mike und alle anderen konnten spüren, wie die Strömung endgültig nach dem Schiff griff und es immer schneller und schneller mit sich zu reißen begann, hinab in die Tiefen einer Welt, die zwar Teil ihrer eigenen und trotzdem so fremd und fantastisch war, dass seine Vorstellungskraft nicht einmal ausreichte, sich vorzustellen, was sie erwarten mochte. Aber was immer es auch war – er hatte keine Angst davor. Und wovor, dachte Mike, sollte er sich auch fürchten? Er war nicht allein und bei ihm waren die besten und treuesten Verbündeten, die sich ein Mensch nur wünschen konnte:

seine Freunde.